Mercedes Rosende

Lacrime di coccodrillo

Traduzione di
Pierpaolo Marchetti

SOCIETÀ EDITRICE MILANESE

Lacrime di coccodrillo
di Mercedes Rosende
Pubblicato in accordo con Ampi Margini Literary Agency

Titolo originale: *El miserere de los cocodrilos*

ISBN 978-88-93-90541-1

www.semlibri.com

Stampa Grafica Veneta S.p.A. di Trebaseleghe - PD – agosto 2023

Oblación Abracadabra

Lóbrega rosa que tu almizcle efluvias
y pitonisa de epilepsias libias,
ofrendaste a Gonk-Gonk vísceras tibias
y corazones de panteras nubias.
Para evocar los genios de las lluvias
tragedizaste póstumas lascivias
entre osamentas y mortuorias tibias
y cabelleras de cautivas rubias.
Sonó un trueno. A los últimos reflejos
de fuego y sangre, en místicos sigilos,
se aplacaron los ídolos perplejos...
Picó la lluvia en crepitantes hilos
y largamente suspiró a lo lejos
el miserere de los cocodrilos.

JULIO HERRERA Y REISSIG

Prima Parte

1

Le donne arrivano, stanche per l'alzataccia, per il viaggio, per la fila. Si lasciano alle spalle l'umiliazione del controllo di polizia, entrano, si guardano intorno e si lanciano occhiate tra loro con un'aria di inutile sfida, di smarrimento, di perplessità, di povertà, di odio. Nel capannone delle visite i tavoli e le sedie di plastica sono disposti a gruppi e la gente li scompone e ricompone, trascina le sedie avanti e indietro, le solleva e le fa ricadere fragorosamente. Il capannone è grande, misura cinquanta metri per venti. Ha un tetto di lamiera scanalata dal quale entra acqua ogni volta che piove, un pavimento grezzo, pareti su cui sono scritti nomi, preghiere e canzoni, e dove qualcuno ha disegnato cuori, crocefissi e falli. L'unica finestra guarda sul cortile di cemento e su un cielo grigio e sporco, tra i quali sembra non esserci orizzonte. I bagni sono nella parte nord; quello degli uomini ha la porta scardinata e mezza rotta, appoggiata su un lato del telaio, e nasconde poco più della metà del gabinetto. C'è un odore molto forte, lì.

Un poliziotto è in piedi davanti alla porta, si pulisce i denti con uno stecchino e sputa pezzetti di legno o di cibo.

Germán, che aspetta il suo avvocato, si è seduto il più lontano possibile dagli altri detenuti, in un punto isolato e un po' buio. Ha una tuta azzurra che sembra piuttosto logora, ciuffi di barba bianca e i pugni chiusi. Un nodo gli stringe la gola.

Le donne aprono vecchie confezioni di gelato riempite di stufato, cotolette stoppose, polenta al sugo; tirano fuori sacchetti di banane, pacchetti di *yerba mate* e di tabacco, mandarini, limoni, succhi di frutta.

Dall'esterno arriva un rumore secco e costante, un pallone che rimbalza su un pavimento duro. Dentro crescono le voci, il volume si alza e prevalgono i toni acuti. Il mondo è un po' più brutto in un posto così, pensa Germán.

L'uomo che avanza lungo il corridoio, con il gel sui capelli, la cravatta bordeaux e gli occhiali Ray-Ban, è l'avvocato Antinucci. La cicatrice sul sopracciglio destro deve avergliela procurata un pugno, probabilmente roba di molto tempo fa, perché intorno al segno, una linea equidistante tra il naso e i capelli, la pelle appare tirata e lucida, ormai cicatrizzata da anni. Non è né brutto né vecchio, ma chissà perché dà quell'impressione. La cosa che colpisce di più sono gli occhi: troppo grandi, troppo sporgenti, di un colore grigio pallido, con le palpebre carnose. A volte si rimpiccioliscono e si allungano fino a sembrare due fessure. Adesso sono nascosti dietro Ray-Ban scuri, troppo scuri per quel posto in penombra. Ha con sé una valigetta che le guardie all'ingresso non controllano. Mai.

«Prego dottore, si accomodi.»

«Grazie, ragazzi.»

Germán sente i passi pesanti e decisi, ancora prima di vederlo sente il rumore dei tacchi che risuona in corridoio, alza lo sguardo e lo vede avanzare verso di lui; pare che nel cervello di quell'uomo stia suonando una marcia militare. L'avvocato Antinucci saluta con un cenno del capo quasi marziale. Germán vede la mano tesa scattare in un movimento esatto, preciso, un gesto che gli ricorda la lama di un coltello a serramanico. Contrariamente a ciò che si aspettava, l'avvocato gli prende la mano mollemente, poco più di un contatto flaccido e freddo, come una medusa che passa, tocca e se ne va. Antinucci sistema la seggiola esattamente di fronte a lui, si siede e apre la valigetta di pelle. Tira fuori una cartella, anch'essa di pelle, e la posa sul tavolo nella stessa angolazione della sedia, la apre, estrae alcuni fogli. Il fascicolo, pensa Germán, riconoscendo il dorso logoro e scuro che aveva già visto un'altra volta, durante un'altra visita. L'avvocato lo chiama "scartafaccio" e lo cura come la sua stessa vita, o come si suppone che una persona dovrebbe avere cura della sua stessa vita. Chissà perché, quell'oggetto gli fa venire i brividi.

I Ray-Ban scuri del dottor Antinucci innalzano un muro tra loro due. Germán non riesce a capire dove puntano gli occhi nascosti lì dietro; non sa se lo stanno guardando o se sono attenti solo al rito millimetrico di disporre ogni foglio sul tavolo, una matita e un paio di penne, una blu e una rossa, il telefono cellulare, una gomma da cancellare e l'orologio da polso, che si sfila e colloca dietro a tutto il resto, in piedi e con le lancette rivolte verso di lui. Germán preferisce credere che lo stia guardando ed evita a sua volta di fissare quelle lenti, le schiva come chi fugge da una rivelazione che alla fine, lo sa, dovrà comunque ascoltare.

Antinucci lascia la valigetta sul pavimento, dritta, perfettamente parallela alla sedia, accavalla le gambe, prende una caramella dalla tasca e comincia a scartarla lentamente, se la mette in bocca e piega la carta in quattro.

«Lei è un cretino» dice Antinucci, e pronuncia quelle parole come se assaporasse ogni sillaba.

Senza smettere di guardarlo, ripone la carta piegata che sparisce nella tasca, tira fuori un pacchetto di sigarette, un accendino di marca e ne accende una, dà un paio di boccate e soffia il fumo in direzione del suo interlocutore. Sembra che le leggi che proibiscono di fumare nei luoghi pubblici non siano arrivate a Guantánamo, nelle prigioni turche, nelle carceri uruguaiane. Il silenzio cala tra loro, con un rumore da motore spompato. Germán vorrebbe parlare, ma le parole inciampano e gli rimangono in gola. Guarda il poliziotto in piedi davanti alla porta che si fruga nei denti, sputando legno o cibo o entrambe le cose.

«E intanto Sergio, il suo socio nel sequestro di Santiago Losada, è da qualche parte nel mondo a fare la bella vita con i soldi che ha scucito a quel tipo.» Getta la cenere per terra, lontano dalla valigetta. «Ma io avevo detto che lei sarebbe uscito di galera molto presto. E non mi sono sbagliato. Io non mi sbaglio mai. Tra pochi giorni lei torna in libertà.»

Germán pensa che dovrebbe essere contento, sorridere, alzarsi dalla sedia, tendergli la mano, dargli una pacca sulla spalla, magari un abbraccio, addirittura farsi una risata, applaudire. Ma niente di tutto questo accade. Non prova allegria, nemmeno entusiasmo, avverte appena un leggero sollievo che sente arrivare a poco a poco. È che le notti in carcere ti entrano dentro profondamente, e non c'è luce, non c'è buona notizia in grado di spazzarle via così in fretta. Come chi si scuote un po' di polvere dalla giacca: è un sollievo minimo.

«Incredibilmente lei è stato aiutato dalle dichiarazioni del sequestrato. Sì, di Losada, il quale ha detto al giudice proprio questa stessa frase: che lei è un cretino. Che l'altro sequestratore, Sergio, che era impiegato nell'azienda di Losada, è stato il cervello di tutta l'operazione, che è fuggito con il bottino e che l'ha messa in quel posto anche a lei. Non è così? L'ha lasciata lì ad aspettare, insieme al sequestrato, mentre lui tagliava la corda.»

Germán non sa che cosa vorrebbe sentirsi dire l'avvocato. Mentre pensa alla risposta a quella domanda che non capisce, si guarda le mani e Antinucci continua.

«Mi ascolti bene, vuole che le racconti una cosa? Losada è arrivato a dire che lei non è una cattiva persona, che durante il sequestro lo ha trattato bene e che, in definitiva, lui non ha subito danni. E siccome la moglie, una tale... Úrsula López, ha detto di non avere mai ricevuto una richiesta di riscatto, le loro testimonianze hanno finito per favorirla.»

Germán distende le dita, affonda lo sguardo nelle mani, crede di vedere o intuisce che gli occhi di Antinucci si muovono, scrutano, cercano di penetrare la sua mente.

«È tutto molto strano. Ma mi dica una cosa: lei non mi aveva detto che era stato Sergio a convincerla a sequestrare Losada per estorcere denaro alla moglie? Ma allora, quando si è reso conto che Sergio se l'era squagliata con i soldi che Santiago teneva in macchina, perché non ha chiesto comunque un riscatto alla moglie? Visto che ormai era in ballo, mi pare normale che dovesse ballare. Non capisco per quale motivo lo ha tenuto prigioniero per tre giorni se non per chiedere un riscatto.»

Spegne la sigaretta sul pavimento, dal lato opposto alla valigetta, la schiaccia con il tacco del mocassino nero lucido. Il silenzio si prolunga.

«Mi dica la verità: c'è stata o non c'è stata questa estorsione ai danni della donna, la moglie di Losada? Me lo dica sinceramente, la conosce o non la conosce questa signora?»

L'avvocato parla, domanda, e pare che regga tra le mani un melone invisibile.

Germán vorrebbe dire qualcosa ma esita, si trattiene. Fermiamoci un istante: ci sarebbe molto da approfondire in quella esitazione. Che cosa succede a Germán? Paura? Insicurezza? Sembra quasi che per qualche ragione non possa parlare, oppure può ma non sa quale versione raccontare al suo avvocato.

Antinucci si toglie gli occhiali scuri con un movimento ostentato, lento, teatrale, li sistema sulla cartella o scartafaccio che dir si voglia, lo sguardo opaco si proietta, aderisce a un punto del viso di Germán, che sente una pressione quasi fisica tra gli occhi e il naso. Vede che l'avvocato lo guarda con gli occhi socchiusi. Sembrano due fessure.

«Ah, c'è anche un'altra cosa che non capisco: il fatto che la polizia non abbia trovato armi nel nascondiglio dove tenevate prigioniero Santiago Losada. Vuol farmi credere che lei e Sergio avete sequestrato un uomo senza avere nemmeno un'arma? Andiamo, non sono mica nato ieri...»

Antinucci schiocca la lingua, fa una smorfia con un angolo della bocca, tiene lo sguardo fisso su Germán che lo evita. Per un momento il mondo si allontana, il capannone si allontana. La nausea.

«Non mi dice niente? Be', non mi interessa, è un problema suo. La questione finisce qui. Processato a piede libero. L'ordinanza del magistrato dirà questo. Tra un paio d'anni un giudice emetterà una sentenza, e non mi sorprenderebbe affatto se lei venisse assolto. Nello stato in cui si trova la giustizia di questo paese... Lei intanto si prepari. Questa settimana verrà firmata la sua scarcerazione. Ancora qualche giorno e poi, se Dio vuole, sarà fuori. Prima, però, verrà portato in tribunale per un confronto di routine.»

«Un confronto? Con chi?»

«Ah, bene, allora è capace di parlare? Il confronto sarà con la moglie di Losada. Con Úrsula. Úrsula López. Bel nome, non le pare? Non so bene perché, però mi piace. Ma stia tranquillo, non avrà problemi. Come le ho già detto, la signora ha dichiarato di non avere ricevuto richieste di riscatto da parte sua. Io qualche dubbio ce l'ho, ma se lei lo conferma davanti al giudice... Compili questi moduli e dopo firmi qui e poi qui.»

E cosa può dire lui all'avvocato? Che un'arma ce l'aveva, certo che ce l'aveva, e non si spiega come sia sparito quel revolver dalla casa di campagna dove tenevano rinchiuso Santiago? Che è andato a chiedere i soldi a Úrsula e che hanno finito per formare una strana società, loro due? Che lei gli ha offerto dei soldi, non per ottenere la liberazione del marito, ma per farlo sparire? Nessuno crederebbe una cosa simile della moglie di un imprenditore come Losada, e Germán non è disposto a denunciarla. Úrsula si è comportata bene con lui. Quando uscirà andrà a cercarla e la ringrazierà.

Tenta di non pensare, tenta di non sentire la pressione degli occhi di Antinucci in mezzo alle sue sopracciglia. Solleva le palpebre, elude quello sguardo che taglia come un bisturi. Guarda il soffitto di quel capannone, le pareti, guarda la gente.

Le mogli dei detenuti continuano ad arrivare con la loro aria attonita, rassegnata, umiliata, arrivano morte di freddo, l'ambiente comincia a puzzare di fritto e di vestiti umidi, di casa senza doccia. Si accomodano, occupano le sedie, si muovono da un lato all'altro, bevono *mate*, parlano forte con le loro voci acute.

In fondo, davanti alla porta, la guardia parla al cellulare, mormora e ride, continua a pulirsi i denti, parla, sputa e pulisce.

Germán apre la bocca, all'inizio solo un po'.

«Ha detto che uscirò tra pochi giorni?»

«Proprio così. Non si può lamentare del mio lavoro.»

«Appena posso la pago.»

«Potrà pagarmi prestissimo, Germán. Avrà mie notizie oggi stesso, al massimo domani.»

Sente freddo alla nuca, un'oppressione alla bocca dello stomaco, ma adesso l'unica cosa che conta è uscire da lì. Ancora un mese, un mese, guarda il cortile, i mucchi di foglie secche che la fine dell'autunno ha portato giù dal monte. La moglie di Santiago ha mentito quando ha detto che lui non le aveva chiesto il riscatto, ha mentito perché è una brava persona. Eppure c'è qualcosa che non quadra. Si sente confuso, pensa che in questa storia ci siano colpevoli e innocenti che non coincidono con i veri colpevoli e i veri innocenti.

2

Molti anni prima

È soltanto una bambina impaurita e affamata, nient'altro che una bambina ferma nel punto più buio del corridoio, la schiena contro la parete, gli occhi chiusi, immobile. Gocce di sudore le imperlano la fronte, il collo, l'attaccatura dei capelli, ha il respiro affannoso come quando corre, come quando salta la corda a scuola, e un leggero tremore alle mani. È soltanto una bambina e la decisione non è facile, ma ha fame. Lei ha sempre fame. Alla fine si muove, si china, senza fare rumore si toglie le scarpe di vernice con le fibbie argentate; lentamente le lascia sul pavimento e avanza in silenzio, i calzini bianchi scivolano sul parquet lucido, ancora qualche metro, e allora esita, si ferma davanti alla porta, ascolta, la spinge con cautela e fa capolino con la testa.

Guarda, sulla soglia, l'ambiente familiare, grande e allegro. Il sole filtra attraverso le tende e fa brillare il tavolo di rovere, lei guarda le credenze di legno, i barattoli di spezie, il frigorifero. Guarda il frigorifero. Immagina, e la bocca le si riempie di saliva. Malgrado tutto sta attenta, sa che la domestica sta facendo un pisolino nella stanza della servitù che si trova proprio di fianco alla cucina, sta attentissima e ne intuisce il russare sempre più aspro, sempre più profondo.

È una bambina affamata ma la paura è forte. Esita prima di decidersi a profanare il confortevole ordine domestico della cucina, a entrare nel territorio proibito, geografia pericolosa, in quel mondo carico di promesse ma che per lei è chiuso e inaccessibile, sorvegliato dalla governante, la donna con il grembiule bianco che adesso sta facendo il suo riposino pomeridiano.

Pensa al cibo notte e giorno, quando si sveglia e quando si addormenta, prima di sedersi a tavola, mentre mangia ciò che la governante o papà le mettono nel piatto e quando termina le sue piccole porzioni e si alza, dopo avere a stento placato l'ansia, continuando a pensare al cibo.

Ci pensa quando è a scuola, mentre guarda la televisione, quando gioca con le bambole insieme a sua sorella Luz. Luz è magra e le consentono di mangiare quanto vuole, eppure a malapena assaggia quello che le servono. Sua sorella è magra e papà dice che è bella, come era la mamma. Lo dice, però guarda lei, e lei in quei momenti pensa che il suo corpo occupa troppo spazio.

Spinge ancora un po' ed entra, ha paura ma la fame è tanta, ascolta il russare profondo e prende coraggio, fa un passo e poi un altro e si ferma, attenta alla respirazione forte e regolare, si decide, lo stomaco comanda sul cervello, attraversa la cucina a passi lenti, una punta del piede si appoggia delicata, leggera sul pavimento, poi l'altra, ancora due passi e si ferma davanti al frigorifero, la mano va da sola, si allunga, si avvicina alla maniglia, la tasta indecisa, lo sguardo vigila, guarda più di una volta da entrambi i lati, le dita sfiorano la superficie cromata, ha tanta fame, la manina copre il metallo freddo, lo afferra, lo stringe, tira. Tanta fame.

Apre.

Tira fuori un pezzo di pollo e se lo porta alla bocca, i

denti ci affondano, strappano la carne, ingoia, morde di nuovo, uno, due bocconi; guarda il barattolo della marmellata, afferra un pezzo di formaggio e lo avvolge in una fetta di prosciutto che spinge giù il pollo, mastica, ingoia. Guarda la porta, apre un vasetto di maionese, ci infila un dito e lo succhia con le labbra e con la lingua; afferra un pezzo di patata e lo immerge nella maionese, ingoia, si guarda alle spalle, si spalma il *dulce de leche* su due dita. La lingua schiocca, assapora, prende una polpetta, divora il riso, un'altra polpetta, ancora salsa, maionese, labbra, denti, il dito nella marmellata, succhia, lecca, lingua, dita, fa in fretta, guarda indietro, verso la porta, un altro pezzo di pollo che ingoia quasi senza masticare, dolce, purè, ma qualcosa va male, si affretta, ingoia ancora, infila tutte le dita nella salsa, palato, lingua, labbra, denti, succhia, ingoia, una volta, un'altra. L'esplosione di sensazioni gustative e tattili si congela; dita paralizzate, lingua pietrificata, labbra aperte. Irrompe un elemento discordante, auditivo, sente rumori nel corridoio, avanzano. Li conosce, sono i passi.

Ascolta. Trema.

Volta la testa. La porta della cucina si apre delicatamente. L'uomo si ferma sulla soglia e osserva la bambina.

«Úrsula.»

«No, papà.»

Abbassa le dita e le sfrega sul vestito macchiandolo di salsa, la manica tenta di ripulire la bocca dalla maionese, dalla marmellata, dal sugo di carne, dal *dulce de leche,* chiude la porta del frigorifero con il corpo e ci appoggia la schiena, vorrebbe sprofondare e sparire per sempre in quel freddo nebbioso e bianco.

«No, papà, non lo farò mai più.»

L'uomo è alto e magro, indossa un completo scuro, giacca e cravatta, le scarpe nere lucide lanciano riflessi quasi furiosi.

Ha un accendino d'oro nella mano destra e uno sguardo d'acciaio.

«Vieni qui, Úrsula.»

«Te lo prometto, papà.»

Guarda l'uomo, un battito di ciglia, chiude gli occhi, prova a trattenere le lacrime che scivolano tra il grasso, il sugo, lo zucchero. Conosce il rituale del castigo, e di nuovo irrompe la paura, la assale, la domina. Fa un passo avanti, evita di guardarlo, si morde il labbro fino a lasciarlo incolore. La sua stanza, il suo letto, la testa le gira. La cucina è un luogo chiaro e allegro, il sole fa brillare il grande tavolo di rovere, intorno ci sono sei sedie con i cuscini a quadretti bianchi e rossi, in sintonia con le tende. Guarda i quadretti, uno rosso, uno bianco, uno rosso.

«No, papà, per favore...» sussurra al nulla.

Sa quello che succederà, comincia a sudare, la paura la violenta, la paralizza. Ascolterà i rumori che già conosce: lo scricchiolio lento delle suole delle scarpe contro il pavimento, il luccichio nero del cuoio, lui la prenderà per la spalla e la farà avanzare di qualche passo, camminerà dietro di lei, lei ascolterà il suo respiro alterato, lo guarderà girarle intorno due o tre volte... Papà le prenderà il mento, la obbligherà ad alzare la testa, sa che darà un paio di colpi di tosse, che si schiarirà la voce. Giocherà con l'accendino, la fiamma apparirà e sparirà, sempre più in fretta. Immagina, i suoi denti battono.

Poi le dirà che è per il suo bene...

«È per il tuo bene, Úrsula. Devo correggere i tuoi difetti.»

Le lacrime scendono sulle sue guance, sul grasso, cadono sul vestito macchiato di marmellata, di carne, di bava. Il padre lascia per un istante l'accendino, la prende per il braccio con delicatezza, la avvicina a sé, le solleva ancora il mento, con dolcezza la obbliga a guardarlo negli occhi. Lei fissa gli occhi all'altezza del suo petto, trema, e abbassa di nuovo gli occhi sul pavimento, sulle scarpe come specchi neri. La paura la assale, la investe.

«Le tue sono lacrime di coccodrillo, bambina mia.»

«No, papà.»

Implora ma sa che è inutile, che nemmeno un milione di suppliche potrebbero smuoverlo; lui ha già smesso di ascoltarla, la spinge con dolcezza, la conduce fino alla porta della cucina, la guida lungo il corridoio fino alla camera da letto, fino al letto con la coperta di ciniglia rosa e l'orsacchiotto e le bambole, li scosta con la massima cura. Úrsula guarda le ombre che cominciano a invadere la stanza mentre suo padre spranga imposte e persiane, sbarra ogni finestra, chiude le tende con immagini di fate, serra ogni spiraglio che possa lasciar filtrare il chiarore. Adesso resta soltanto – per pochi istanti, e lei lo sa – il triangolo di luce che filtra dalla porta.

«Andiamo, piccola.»

Lei si sdraia e trema, si raggomitola. Tenta di ricordare le preghiere che recitava con sua madre, e che le tornano in mente solo quando ha paura, questa paura che la invade, la occupa, la espugna. La paura di quello che accadrà adesso.

«Per favore, non lo faccio più, papà.»

Singhiozza, tra le lacrime vede la faccia seria di suo padre, l'accendino che di nuovo fiammeggia e si spegne, schiocca ed esplode, le sue sopracciglia aggrottate, le labbra sottili e tese, il suo corpo alto, magro, le scarpe di un colore nero che adesso, senza la luce, è solo oscuro, opaco. Singhiozza, ha paura di ciò che accadrà, e tra le lacrime penetra nella sua bocca un gusto amaro, un principio di rancore appiccicoso che la fa tremare ancora più forte.

Sente altri passi provenire dalla cucina, si avvicinano, nel piccolo triangolo di luce che la porta aperta lascia passare, spunta la sagoma della cuoca, il grembiule bianco.

Úrsula non la vede in faccia ma sente il suo ansimare e chiude gli occhi, intuisce il sorriso della donna prima di riaprirli e vedere l'ombra che si allontana. Trema e si rigira nel letto, la paura e la rabbia le inacidiscono la saliva, la bruciano, la dissolvono.

Il padre, che in questo pomeriggio di sole è ancora vivo, toglie la chiave dalla serratura, si trattiene qualche istante, forse medita; forse potrebbe ancora perdonarla, pensa Úrsula in un ultimo lampo di ottimismo, forse aprirà le finestre, lascerà entrare la luce e lei potrà uscire. Sì, lo vede esitare davanti alla porta. Papà è buono, lei non lo odia, ne ha soltanto un po' paura quando lo vede così alto e magro, l'uomo più alto e magro del mondo.

«Un giorno di punizione, Úrsula, di buio e digiuno. Il buio per renderti forte, il digiuno per pulire il tuo corpo.»

Le scarpe di colore nero che ormai non brillano più scricchiolano sul pavimento di legno. L'accendino lancia lampi che illuminano solo i suoi occhi d'acciaio.

«Alicia verrà prima di sera, ti porterà l'acqua e ti farà andare in bagno. La tua punizione terminerà alle otto in punto di domani mattina.»

Il padre chiude la porta ed elimina anche l'ultimo frammento di quella giornata di sole. Úrsula sente un giro di chiave e poi un altro, non vuole ancora guardare le ombre che la circondano, si rannicchia, si raggomitola, affonda con più forza il viso nel cuscino che le sue lacrime inumidiscono, e una voce le sussurra che un giorno qualcuno dovrà pagare per quel pianto.

3

In carcere tutto è denso, tutto provoca un misto di tachicardia e claustrofobia, e non è difficile comprendere perché, nel gergo carcerario, quel luogo è chiamato "la tomba": corridoi sporchi attraversati da odori, ambienti enormi, scuri, arredati solo con qualche sedia zoppa e tavoli tarlati, foto di donne nude attaccate con le puntine da disegno su pareti che cadono a pezzi, e quell'umidità che s'incolla al corpo, che riempie di nebbia gli spazi vuoti.

E poi c'è la gente. Qui ci sono persone che sono vere Chernobyl umane, portano dentro un veleno mortifero e silente che si propaga con ogni respiro, con ogni parola pronunciata, contaminando tutto quello che hanno davanti con ogni azione. Portano dentro il germe del male, fanno marcire tutto quello che toccano; corrompono con il respiro, con lo sguardo. Ogni volta che vede Ricardo, Germán sente l'istinto di fuggire, come un animale in gabbia. Adesso lo osserva avanzare lungo il corridoio vuoto e gira la testa da un lato e dall'altro, ben sapendo che è impossibile scappare. L'angoscia e la confusione gli causano vertigini, nausea, si sente svenire, ed è l'ultima cosa che vorrebbe gli succedesse davanti al Lercio.

Il tipo si avvicina masticando, mostra il chewing gum

tra i denti, fa un giro completo intorno a Germán quasi ballonzolando come un pugile intorno all'avversario, oscilla, si rimbocca le maniche della camicia, esibisce i suoi tatuaggi neri, lettere che formano nomi, scheletri dagli occhi fiammeggianti, macchie rosse di sangue disegnato che gocciola sulla sua pelle.

Ha l'abitudine di avvicinare troppo la bocca all'orecchio dell'interlocutore.

«Tu hai culo, Passerotto» gli sussurra all'orecchio. Mastica il chewing gum, parla e schizza saliva addosso a chi lo ascolta. «Hai avuto proprio un gran culo da quando sei arrivato.» Germán allontana il viso ma solo un po', quanto basta per sopportare lo schifo. Il Lercio puzza di acqua stagnante, sudore, sesso lavato male. Germán trattiene il respiro e risponde.

«Lercio, lo devo a te.»

L'altro sputa la gomma nel palmo della mano e resta a guardarlo. Parla senza togliere gli occhi dalla gomma, parla alla gomma.

«Io te l'ho detto com'è la questione, chi è il capo della cella?»

«Sì, ho capito.»

«Te l'ho già spiegato, lui è quello che gestisce la grana, la dai tutta a lui, lui è quello che incassa per il rancio, è lui che compra la roba e la distribuisce.»

«Io gli ho già dato tutto quello che mi avevano lasciato, ho dato tutta la grana a lui.»

Ricardo stringe la gomma tra le dita grosse come salsicce, la schiaccia con il pollice contro il vetro della finestra, la preme fino a renderla sottile, piatta come una moneta informe.

«Così bisogna fare, Passerotto.»

«Certo, Lercio, certo.»

«E siccome sei uno dei nuovi arrivati, io ti avviso. Sei

molto fortunato perché adesso quell'idiota del capo si sta lavorando il Pasticca, però occhio, io lo so che il Pasticca non durerà a lungo. E tu sei quello nuovo...»

Il Lercio guarda il cielo, risucchia aria, storce le labbra, finge di avere cose tra i denti, le rimuove con la lingua. Germán capitola, come sempre.

«Se tu potessi darmi una mano, te ne sarei grato.»

«Qui le cose non le aggiusti dicendo grazie, Passerotto. Te l'ho già detto, la fortuna che hai avuto non è gratis, me la devi pagare.»

Il tipo scuote ripetutamente la testa, la mano va verso la tasca dei pantaloni, sistema la sigaretta tra le labbra, avvicina il fuoco senza smettere di scuotere la testa.

«Me la devi pagare, Passerotto.»

«Il problema è che io di soldi non ne ho più. Tutti quelli che avevo te li ho già dati...»

«Non fare lo stronzo. Ti ho detto che nessuno ti dà niente gratis qui dentro.»

Germán sente che la paura s'impossessa dei suoi muscoli facciali, che il viso si contrae in una smorfia.

«Io no... A me non...»

«Hai paura di prenderlo in quel posto, coglionazzo? Io non lo voglio il tuo culo.» Alza la voce, sputacchiandogli nell'orecchio. «Pezzo di merda. Mi vuoi prendere per scemo? Se voglio non ci metto niente a spingerti dentro il bagno.»

La mano che sostiene la sigaretta fa un gesto osceno e riporta la sigaretta alla bocca. Sbuffa, respira agitato. Germán si calma.

«Non ti scaldare, Lercio.»

«Mi fai girare i coglioni, imbecille.»

«Cosa posso fare? Dimmi che cosa posso fare per te.»

Ricardo il Lercio trema come un cane rabbioso che sta per essere attaccato. I suoi occhi, rossi come se fossero venuti male in una fotografia, si inchiodano sullo sguardo sfuggente di Germán. La sua lingua è come un animale in gabbia che si dimena contro i denti.

Di colpo sorride e la sua faccia cambia espressione. Gli prende il braccio con delicatezza e Germán sente un'angoscia che comincia ad appannargli la vista.

«Ti è stato utile l'avvocato che ti ho mandato?»

Gli costa far tornare l'aria nei suoi polmoni.

«Sì, sì.»

«Raccontami.»

«Abbiamo già avuto due colloqui e...»

«Antinucci è il migliore. Tu esci tra non molto, giusto?»

«Mi ha detto che la prossima settimana esco, che...»

«E allora non ci resti proprio qui dentro. Sono contento, sono contento, Passerotto. Non sai quanto sono contento.»

Mano sulla spalla, pacche, altri sorrisi. Qualche risata.

Il Lercio ha smesso di tremare.

Quella è la cosa che più fa paura a Germán all'interno del carcere, l'affollamento, la promiscuità. Non le botte, neppure la violenza, neppure il pericolo, ma quella natura arbitraria delle cose. I diversi stati di umore, i capricci. Il fatto che nulla sia uguale per più di due minuti. Una schizofrenia di avvenimenti isolati. Una vita alla mercé di uomini le cui azioni hanno una forza sfrenata.

«Allora, se esci, tra poco mi potrai pagare. E mi pagherai facendo un lavoretto per me. Mi hai sentito?»

«Di che si tratta?»

«Te la stai già facendo addosso... Che ti frega di sapere di cosa si tratta? Tu mi devi la vita. La devi a me.»

«D'accordo, Lercio, non me lo ripetere.»

Lo spinge senza toccarlo, lo spinge con lo sguardo e cammina verso la porta che dà su un cortile aperto, un posto gelido e arido, una steppa di cemento dove un sognatore o un cinico ha dipinto le linee bianche di un campo di basket che non è mai arrivato a esistere. Sulla destra c'è una panchina, proprio sopra un orologio enorme protetto da una grata metallica, che segna le cinque e mezzo, da sempre. Seduti o in piedi in circolo sono radunati dieci o dodici ragazzi dai sorrisi cariati, i volti segnati da brufoli e cicatrici, e tutti hanno scarpe enormi, imbottite, esagerate. Portano berretti di marca che indossano alla rovescia in un atto di ribellione estetica. Sembrano una mutazione genetica, un'orda di zombie senz'anima sul punto di saccheggiare il pianeta.

«Ehilà, raga.»

«Ehilà, Lercio. E quello chi è?»

«Lui è dei nostri, vero, Passerotto? Sta con il Cacicco e il Pasticca. È un amico.»

«Passerotto, dammi una scheda telefonica che mi è finito il credito.»

«Non ce l'ho. Scusami.»

«Una scheda, una siga, quello che hai, fratello.»

«Smettila di rompere, stronzo. Non hai sentito? Il mio amico non ha niente.»

«Va bene, non farla troppo lunga, Lercio. È roba tua quel Passerotto lì?»

Gli stronzi ridono mostrando tutti i loro denti gialli, anneriti, verdognoli, ridono con la bocca aperta e bucherellata, con la risata asimmetrica e imperfetta della miseria.

Il Lercio lo spinge di nuovo, stavolta è un artiglio che gli torce il braccio.

«Vieni che ti racconto, ma andiamo di là, non mi va che i pischelli ci sentano.»

Si dirigono verso la parete nord, camminano e si fermano a una trentina di metri dal gruppo più vicino. Ricardo lo tiene fermo con il braccio, il suo viso accostato al viso di Germán, gli afferra il mento con forza, strizza gli occhi a mo' di fessura e, come una tartaruga, allunga la testa verso di lui. Volano schizzi di saliva, Germán socchiude gli occhi, non respira.

«Senti un po', io ho ancora negli occhi i sentieri di terra del mio paese, ancora sento l'odore dello stufato di pecora e della pasta riscaldata. Sai perché ti dico questo, Passerotto?»

«No.»

«Certo, che ne sai tu? Perché io non voglio restare povero. Hai afferrato?»

«Sì.»

«Quando uscirò da qui io sarò ricco, questa è la mia occasione e voglio che vada tutto bene. C'è qualcosa di grosso, qualcosa di molto grosso che quelli in alto stanno già organizzando, e io e il capo abbiamo bisogno di te. Devi darci una mano.»

Fa freddo, ma a chi importa? Germán comincia a sudare. Vede i tatuaggi, il sangue disegnato, si domanda che razza di essere umano si fa disegnare cadaveri, sangue e viscere sulla pelle. Conati di vomito. Ansia. Voglia di scappare. Nausea.

«E io che cosa dovrei fare?»

«Sei proprio un cacasotto, fratello, sei proprio un cacasotto. E pensa che non ho ancora cominciato.»

«No, no. Dicevo così, tanto per sapere.»

«D'accordo, Passerotto. Ascoltami bene e premi il tasto Play nel cervello.»

«Ti ascolto, Lercio.»

«Si tratta di un assalto a un furgone portavalori. Tu dovrai solo aiutare a scappare con i sacchi pieni di denaro. Nient'altro che questo. Te ne stai lì, fai un giretto, perdi un po' di tempo, dai una mano a caricare i soldi e quello stesso giorno te ne vai a casa con la grana.»

«E chi lo organizza? Voi, da qui dentro?»

«No, idiota. Io non ho i mezzi per organizzare un colpo come questo. Tu non fare troppe domande, poi ti dirò chi è il capo. Prima devo raccontarti come nasce l'idea. Vieni qui, avvicinati, principino.»

L'artiglio afferra la spalla ancora più forte, la bocca si incolla al suo orecchio e lo invade un calore malsano da estate piovosa, anche se siamo a fine autunno.

«Il Pasticca doveva darci una mano, ma ci sono stati dei problemi, lo stronzo si è chiamato fuori, il coglione.»

«In che senso si è chiamato fuori?»

«Ha fatto lo scemo con i soldi della roba, ha provato a scavalcarmi. E il capo non tollera queste cazzate. Me la pagherà, quel bastardo, te lo giuro.» Ricardo bacia una croce fatta con il pollice e l'indice. «Ti giuro che me la pagherà.» Germán annuisce. Trema, sa che deve evitare la nausea, la nausea. Prova una ripugnanza quasi fisica che gli fa serrare le labbra con forza, la paura lo stordisce, appoggia la schiena contro il muro. Un vento gelido picchia da nord ma Germán continua a sudare come se ci fosse il solleone.

In questo periodo dell'anno comincia a fare notte in fretta, come al tropico, come una eclissi, come una morte improvvisa.

Lontano da lì, nella capitale, la commissaria Leonilda Lima si agita, scomoda, sulla sedia, attribuendo la sua agitazione al pianeta Saturno che oggi è in opposizione al Toro.

Il Lercio pronuncia parole definitive, alza la voce, sussurra il nome di quello che sta lassù in cima. Chiede, pretende, e Germán accetta. Un cerchio si è appena chiuso e Germán suda, e ricorda che in questo posto è sempre la stessa ora.

4

Úrsula sembra aver passato una brutta nottata. Ha le occhiaie scure e quell'espressione che dissuade i vicini dal rivolgerle la parola, o anche solo dal salutarla. Quando esce di casa e si prepara a scendere, guarda l'ascensore, che non funziona o funziona male da anni, e impreca in un modo che sarebbe osceno se qualcuno potesse ascoltarla. Ancora una volta l'ascensore è bloccato, e questa sarebbe solo una piccola contrarietà in qualsiasi altro momento. In un'altra occasione forse avrebbe deciso di rimandare l'uscita o addirittura di sospenderla, ma oggi il contrattempo diventa una tragedia perché non può nemmeno pensare di rimanere a casa. Si è già fatto tardi, quindi deve affrontare la realtà: userà le scale per scendere i cinque piani, e lascerà per dopo l'angoscia che le procura il pensiero di come farà, stasera, a salirli.

Nonostante abbia fretta, non si lancia giù per le scale di corsa, ma procede passo passo, un piede dopo l'altro, si appoggia con fermezza alla ringhiera, si potrebbe quasi dire che la afferra con forza.

Di sicuro pensa, come sempre, che i suoi chili di troppo possono farla inciampare, può perdere l'equilibrio, scivolare e cadere, rotolare in maniera scomposta da un piano all'altro fino a terra. Forse pensa che se incespica il suo corpo crollerà a piombo, rimbalzerà contro i gradini di marmo logoro, la sua testa si schianterà contro i bordi e gli angoli della ringhiera di ferro battuto e bronzo; forse immagina perfino il rumore della carne molle e flaccida che sbatte contro il pavimento del piano terra, il rumore che fanno le bistecche quando ricevono il colpo definitivo sul mortaio. Può darsi che veda il suo corpo disteso a terra e insanguinato, finalmente quieto, per sempre quieto laggiù nel ballatoio, in fondo alle scale. Procede lenta, scalino dopo scalino, e immagina la faccia dei curiosi che si affolleranno contro il vetro dell'ingresso, con i nasi incollati per vedere meglio lo spettacolo del rivolo rosso del sangue contro il marmo. Perché la gente è crudele e, si sa, non c'è spettacolo che non abbia il suo pubblico, ancor più se si tratta di malattia, di morte. E di sesso.

La voce di suo padre l'avverte di fare attenzione quando scende le scale: sei troppo grassa, Úrsula, con tutti quei chili di troppo non puoi fare sforzi, il cuore ti può tradire. Non tirare fuori queste storie adesso, papà, vado di fretta, ho un sacco di cose da fare. Guardati, Úrsula, dovresti cominciare una dieta per calare di peso, fallo per la tua salute. Ti ho detto di stare zitto, adesso non posso. E ricordati: non sono più quella bambina, papà.

Scuote la testa infastidita e continua a scendere con cautela, poggia un piede dopo l'altro. Lui lo sa, papà sa in che momento parlarle e ridurre la sua anima alle dimensioni di una lenticchia.

Si blocca al secondo piano, si ferma, forse per riposare o riprendere il ritmo della respirazione, ma Úrsula fa un giro di novanta gradi e s'incammina veloce verso l'appartamento più vicino alla scala. È il 201. Ci vive una coppia di studenti o di impiegati di banca, non ne è sicura. Senza fare rumore bussa alla porta, incolla la faccia al legno, prima la guancia, poi la bocca, poi appoggia l'orecchio. Pare che voglia ascoltare qualcosa. Resta immobile per qualche istante, ma probabilmente non ha sentito niente: a quest'ora la coppia del 201 è già uscita da un pezzo. Ma lei non si dà per vinta, ritenta con l'orecchio destro e poi con il sinistro, soltanto dopo un po' sembra desistere, e con aria contrariata continua la discesa, passo dopo passo. Arriva in fondo all'ultima rampa, all'atrio di ingresso. Contro le sue stesse previsioni, raggiunge il portone sana e salva, tutta intera.

Da dentro si sente appena l'eco nervosa dell'esterno: il rumore fragoroso della Città Vecchia giunge attutito, avvolto in un materiale isolante, e il clamore esterno si intuisce appena. Quel silenzio accentua il carattere vetusto, quasi uterino, dell'edificio in cui vive.

Da poco più di un mese Úrsula López si impone tutti i giorni una disciplina militare: dorme, si alza alle sei, si lava, fa colazione, esce di casa, arriva dove vive la donna, l'altra Úrsula, e sta lì a fare la guardia fino a quando quella esce per andare a correre. A volte la segue, a volte si limita a guardarla mentre si allontana, poi aspetta che ritorni. Tutto in un cronogramma esatto che porta a termine ogni giorno, senza saltarne uno. È il cronogramma della sua vendetta.

Oggi percorre calle Sarandí e, a piedi, copre la breve distanza che la separa da plaza Matriz, si muove tra artigiani e turisti, *yuppies* con abiti che sembrano gridare che si tratta di avvocati contabili, manager, tra mendicanti con giacche enormi e berretti deformi, tra coppie gay che si tengono per mano, segretarie diligenti, truccate e bilingui, tra addetti alle consegne, prostitute freddolose, adolescenti in uniforme scolastica e, mentre cammina tra tutta quella gente, sente le campane della cattedrale che battono le otto. Le otto in punto del mattino.

Quel suono la spinge a fermarsi, la inchioda al marciapiede e la turba: gli otto rintocchi della cattedrale le ricordano, come sempre quando li sente, l'ora in cui suo padre le apriva la porta della sua cella. Úrsula lo sa, non può concedersi il lusso del turbamento, ci sono cose che è meglio custodire in una scatola di legno, e quella scatola dentro un'altra più grande, e tutto dentro un'altra più grande ancora, di ferro, legata con un'imbracatura d'acciaio, e poi gettare tutto in fondo al mare.

Arriverà il giorno in cui avrà abbastanza soldi e potrà andarsene dalla Città Vecchia, comprare una casa a Carrasco, avere una piscina e una domestica, un'auto di lusso e dimenticare tutta la sua storia. Dimenticare papà, per esempio, uscire da quella casa piena di ricordi. In realtà dovrebbe già avere la sua casa a Carrasco e molto altro se non fosse per quella donna. Odio. Vendetta. No, adesso non è il momento: teme di perdersi nel labirinto dei pensieri e si costringe a continuare.

Cammina, entra nella piazza. Oggi è uno di quei giorni color seppia pallido in cui qualunque cosa le fa venire voglia di piangere. Malgrado l'aria fredda, ha la nuca sudata, le ascelle bagnate e un dolore costante tra le costole.

Sebastián, il libraio, il ragazzo che le affitta il garage dove tiene la macchina, si avvicina in senso contrario e anche lui di fretta, si scambiano un saluto, qualche parola di cortesia, uno sguardo di complicità. Bravo ragazzo, Sebastián. Lui le deve alcuni favori che uno di questi giorni potrà ricambiare.

Percorre velocemente calle Sarandí, la città passa al suo fianco come un fantasma; attraversa la piazza senza vederla, svolta a destra e continua come un automa, potrebbe fare quel percorso con gli occhi bendati. Arriva a Bacacay, da dove si scorgono il Teatro Solís e una parte di plaza Independencia, anche se lei non vede niente. Arriva giusto in tempo per prendere l'autobus che la porta a destinazione, lo ferma e sale. Non usa la sua macchina, non vuole lasciarla parcheggiata in zona, non vuole correre il rischio che qualcuno possa riconoscerla; ha pensato a tutto, anche ai minimi dettagli, crede lei, e nessuno sarebbe in grado di contraddirla.

Sale sull'autobus e si siede in fondo come sempre. A quell'ora e in quella direzione ci sono pochissimi passeggeri, e i pochi che viaggiano sono concentrati come idioti sui loro smartphone. Copre il viso con la sciarpa, gli occhi con le lenti da sole e la fronte con un berretto di lana.

Sarà un viaggio breve; non c'è molto traffico e la sua destinazione non è lontana, quindi nel giro di quindici o venti minuti scenderà all'incrocio tra la 21 de Setiembre ed Ellauri, camminerà pochi metri fino a calle Vázquez Ledesma che costeggia il parco, e poi ancora un paio di isolati verso sud, scendendo verso la Rambla, sul marciapiede dal lato dei palazzi. Una volta lì, attraverserà verso il parco Villa Biarritz, si siederà su una panchina non troppo vicina né troppo lontana dal suo obiettivo, aspirerà il profumo della vegetazione – eucalipto, erba di prato, quercia, pino marittimo, araucaria, anche un po' di humus e merda di cane – e aspetterà che arrivi l'ora, che si apra il portone dell'edificio ed esca lei.

La donna che aspetta uscirà dalla sua casa, un condominio a cui manca poco per essere di lusso. Varcherà il portone con lo stipite di bronzo lucidato e camminerà sul pavimento di marmo dell'esterno, dopo aver salutato il portiere in uniforme, con quel tono tra l'indifferente e il sarcastico, quel tono un po' prepotente che le viene dai tempi in cui viveva ancora a Carrasco in una villa con piscina, cuoca e domestica, un grande giardino con alberi esotici e un paio di giardinieri. La donna che lei aspetta scenderà agilmente i gradini che separano il portone lucido dalla strada, indosserà abiti sportivi costosi, porterà i capelli raccolti con un fermaglio di design, guarderà l'ora sul suo orologio svizzero, sistemerà gli auricolari e attraverserà la strada, entrerà nel parco con un trotto lento che Úrsula seguirà da lontano e con difficoltà fino alla Rambla, dove il trotto diventerà una corsa che la allontanerà fino al giorno seguente. O magari siederà ad aspettarla, a pensare alla promessa che quella donna le aveva fatto di pagare il riscatto per suo marito sequestrato, Santiago, pensare alle menzogne che le aveva raccontato quella traditrice, al modo in cui l'aveva ingannata. Lei si era fidata delle promesse di quella donna, aveva già sognato a occhi aperti la sua nuova casa, la sua nuova auto, la sua piscina, e invece adesso aveva solo la sua rabbia.

E chissà come si sentirà oggi Úrsula durante l'attesa, su quella panchina nel parco da cui la osserva da un mese, chissà cosa sentirà in questo simulacro ripetuto di sorveglianza poliziesca e spionaggio investigativo, cosa sentirà, cosa penserà, perché a volte il suo cervello non le appartiene del tutto e all'improvviso lo scopre trapanato dalla furia, da quel tenace mostro che ruggisce dentro di lei, che le ricorda continuamente il tradimento di quell'altra Úrsula López, di quell'altra donna, la sua omonima.

5

L'immagine è forte, colorata, brillante, sembra uscita dalla copertina di una rivista: la luce del mattino quasi estivo si scompone attraversando le vetrate multicolori e si incolla addosso all'uomo chino sull'inginocchiatoio, tinge il suo abito grigio e i suoi capelli con il gel, colora tutta la sua persona di rosso, azzurro, violetto e giallo. Non sono ancora le sette del mattino, l'autunno sta volgendo al termine, e fuori fa molto freddo. Sulle pareti, a destra e a sinistra, ci sono rappresentazioni della Via Crucis, delle stazioni della Via Crucis per essere precisi, e una musica sacra che forse è di Bach risuona tra i banchi, i corridoi e gli altari, alzandosi in cielo dalla parrocchia di Las Esclavas del Sagrado Corazón di calle Ellauri.

Il dottor Antinucci prega, scontando la penitenza che gli ha imposto padre Ismael solo pochi minuti fa: un Padre Nostro, una Ave Maria e un Gloria, in cambio del perdono di Dio per avere nominato il Suo nome invano e per aver fatto tre pensieri sporchi sulla segretaria del suo studio.

I raggi del sole del mattino che entrano dalle vetrate a est non lo disturbano, perché lui ha gli occhi chiusi, serrati con forza. Prega coscienziosamente, concentrato sul suo atto di dolore, e non vede niente intorno a sé, non sente il freddo né il caldo. Quando recita le sue preghiere si dimentica di tutto, si isola dal mondo iniquo e peccatore che lo circonda, tiene la testa bassa, le palpebre chiuse, non sente nemmeno il rumore spento dei passi dei fedeli ritardatari, di quelli che arrivano all'ultimo momento, un attimo prima che padre Ismael salga sull'altare con la sua casula per officiare.

I fedeli della messa delle sette non sono molti e sembrano conoscersi tutti: c'è un lieve movimento di testa, una linea quasi retta formata dalle labbra, un abbozzo di sorriso tra loro quando si incrociano quelli che entrano in punta di piedi e quelli che sono già seduti.

Antinucci termina le sue preghiere, si fa il segno della croce sul petto con un movimento ampio che va dalla parte alta del capo a una zona vicina all'ombelico e dalla spalla sinistra alla destra, alza lo sguardo e inspira, poi espira l'aria trattenuta ed espelle i peccati già pagati, alleggerendosi degli ultimi residui di colpa che volano via con quell'esalazione. Quindi si riempie i polmoni di aria nuova e santa, di odore di incenso e di purezza.

Lui non lo sa, non può vederlo, ma la sua immagine, che fino a pochi istanti prima era multicolore, adesso è quasi dorata per l'effetto del sole sui vetri gialli. Se qualche fedele lo notasse – cosa difficile, perché ognuno è alle prese con i propri peccati – forse penserebbe che l'avvocato è un arcangelo o un profeta, o magari un santo, oppure che il suo stato è eccezionale per un essere umano normale. Ma, come detto, nessuno sembra percepire il gioco cangiante della luce che adesso getta un'aura sovrannaturale sulla figura del dottor Antinucci e che, come tanti miracoli quotidiani, accade senza che nessuno lo avverta.

Pagata la penitenza che gli è stata imposta, scontato il castigo, ormai libero dal peccato, Antinucci si alza, si sistema l'abito e si siede su una panca. Sorride tra sé e sé, slaccia un bottone del completo grigio, tira leggermente in alto le gambe dei pantaloni e respira. Si sente bene, confortato dal suo senso di colpa, accolto di nuovo nel gregge dei buoni cristiani, sa che il Signore è il suo Pastore e che nulla gli può mancare. E, infatti, non gli manca nulla, mai. Guarda le immagini della Via Crucis che conosce bene: il Figlio dell'Uomo prende la croce sulle spalle, cade, sfinito, tre volte. E lascia per ultima la sua immagine favorita, Cristo risorto, bello e integro, luminoso ed energico, che rimprovera coloro che lo cercano nella sua tomba. "Perché cercate tra i morti colui che è vivo? Egli non è qui, è risorto."

Entra padre Ismael e, malgrado il chiarore all'interno della chiesa, si accendono le luci a giorno, aumenta la potenza della musica e inizia l'atto liturgico che Antinucci segue con atteggiamento rispettoso, con la fronte leggermente china e con poca attenzione, immerso nei suoi pensieri. Solo la preghiera eucaristica, mezz'ora dopo, lo distoglie dal suo raccoglimento, e lo fa preparare a ricevere il corpo di Cristo. Muove appena le labbra, mormora parole rituali, tiene le palpebre serrate o socchiuse, poi si alzerà in piedi e farà la fila per ricevere la comunione. E lo farà come ha sempre fatto fin dall'infanzia, senza contraddizioni con l'ermeneutica, nella continuità della Tradizione e del Magistero bimillenario, come prima del Concilio, perché questa non è una parrocchia di preti comunisti e tupamaros, di sinistra, di quelle dove il padre o un qualsiasi aiutante depone l'ostia nelle mani dei fedeli. No, nella parrocchia di Las Esclavas del Sagrado Corazón sarà il sacerdote in persona a mettergli l'ostia in bocca, in modo che non ci sia macchia possibile nel Santissimo Sacramento.

Si alza in piedi, s'incammina verso la navata centrale, gli occhi bassi e le braccia conserte, si mette dietro una fila formata da tre o quattro anziane, avanza lentamente mantenendo la distanza, attende il suo turno e riceve la comunione. Torna nel punto esatto dove era seduto, si inginocchia con la testa tra le mani, e prega fino a sciogliere l'ostia con la saliva, prega fino a quando non ne resta una sola briciola, fino a che non ne sente più una sola particella nella cavità orale. Fruga con la lingua, esplora il palato, le gengive, gli interstizi tra i denti. Nessuna traccia del corpo di Cristo. Respira sollevato.

Pochi minuti dopo esce dal recinto che profuma d'incenso e disinfettante, ed esce al freddo ancora più intenso della strada pronto ad affrontare il mondo.

Fuori, la corte dei miracoli si lancia verso di lui con volti opachi e mani tese. Antinucci distribuisce in fretta qualche moneta, distoglie lo sguardo dai mendicanti e si avvia verso la sua auto, parcheggiata in strada a un centinaio di metri.

Si sente senza peccato, sembra contento e in pace.

Lo squillo del telefono interrompe quel momento di beatitudine. Tira fuori bruscamente il cellulare dalla tasca, guarda il numero sul display. Un accenno di rigidità adombra il suo viso disteso.

«Pronto. Sì, sì. Ti ho detto che voglio tutto per la prossima settimana. Non hai ancora capito? È arrivato il momento. Non si può più aspettare; agisci più in fretta che puoi, senza ulteriori ritardi. Non lasciare per domani quello che puoi fare oggi. E ti ho detto di coinvolgere anche Germán. Sì, confermato. Esce tra pochi giorni e mi deve un favore. Non può dirmi di no. Come dici? Si è incazzato il Pasticca? Te l'ho già detto l'altra volta, quello lì mi ha rotto il cazzo. Per me puoi farne quello che vuoi.» Chiude la comunicazione.

Apre la portiera della sua Audi A6 ed entra, accarezza il rivestimento, ne respira l'odore – a questo punto dovremmo domandarci se quest'uomo non abbia una certa fissazione per la pelle –, infila la chiave nel blocchetto, accende l'impianto stereo e la musica si diffonde dolcemente: il *Miserere* di Vivaldi lo placa, lo riempie di pace, lo restituisce al suo stato di grazia.

6

Ha fatto fatica a prendere sonno, a spingere fuori la tensione permanente della veglia, a rilassare il corpo irrigidito, ha faticato a lasciarsi trascinare dallo sfinimento di tante notti in bianco, notti con gli occhi aperti e le orecchie dritte; ha fatto fatica e adesso si sente cadere in un abisso oscuro, perfino caldo; cade al rallentatore in un buco, sente che si sta allontanando dalle altre brande, dalle porte con le sbarre di ferro, dai passi del secondino che sta lì fuori, da tutti gli orrori che ha visto in carcere e da tutti quelli di cui ha il presentimento.

Ha impiegato molto tempo a calmarsi, a riportare il respiro al ritmo normale e adesso un torpore gli annebbia i pensieri, lo avvolge in un sopore leggero che in qualche modo somiglia vagamente alla tranquillità. E la notizia dell'imminente scarcerazione, invece di fargli abbassare la guardia, sembra averlo immerso in una paura profonda. Alla fine, però, Germán si disconnette e si abbandona al sonno.

Quando sta per addormentarsi, un rumore che rumore quasi non è, appena uno sfregare aspro che potrebbe venire da un insetto che sbatte le ali o da una mano che sfiora qualcosa di poroso, lo fa sobbalzare. Apre gli occhi, scruta, ma non vede nulla nella cella. Ascolta, esce dal sonno in cui non era ancora entrato del tutto, trattiene il respiro.

Il carcere è un posto pieno di rumori e di avvenimenti inattesi. È sicuro di avere percepito qualcosa vicino alla sua branda, ma adesso non ha più nemmeno quella certezza. Forse i sensi giocano brutti scherzi quando intervengono il sonno e la paura. Alza la testa, gira il collo, tenta di fendere l'oscurità. Appoggia di nuovo la tempia sul braccio, il suo unico cuscino. Sente freddo, prova a coprirsi il collo ma è inutile, la coperta arriva solo fino al petto.

No, non ha sognato, il rumore ricomincia, sono passi – sì, passi, non c'è dubbio –, ora non sono più così vicini al suo letto, si dirigono verso la parete più lontana alle sue spalle. L'universo dei piccoli suoni notturni va in frantumi. Tenta di pensare quanto manca all'alba, ma conosce già la risposta: qui dentro anche il tempo è recluso, ha smesso di esistere.

Irrigidisce i muscoli del collo, tasta il coltello che gli ha dato Ricardo e si prepara. Resta immobile, respira più silenziosamente che può. Si volta, si mette a faccia in giù per controllare il buio dietro la sua testa.

Il rumore avanza con lentezza, ancora lontano dalle brande, incollato alla parete in fondo, a volte si ferma e poi ricomincia, si sposta come se si trascinasse. Il suono si muove a piacimento nelle tenebre, si mantiene lontano dal minuscolo fascio di luce che passa sotto la porta.

Germán, anche senza vedere niente, annusa un sudore acido e nuovo, un fetore che non era tra quelli che percepiva nelle sue ore di insonnia, il vapore di un respiro sconosciuto, di vestiti sporchi, un odore che si muove al ritmo del suono che produce, che lo circonda, che dà vita a strane risonanze nel silenzio e nella penombra.

Adesso può sentire la tensione nelle altre brande: movimenti contenuti, respirazioni silenziate, unghie che raschiano il metallo. Perfino le articolazioni delle ossa degli altri, sente.

Rimane immobile, prova a calmarsi, non può farsi prendere dal panico ma immagina due piedi scalzi, unghie sporche e nere, uno sguardo torvo nel quale si intuisce la violenza, la follia o la tragedia.

Fuori comincia a soffiare il vento; rabbrividisce, sente freddo, si copre come può con quello che ha e stringe il manico del coltello con entrambe le mani, come se dovesse spremerne il succo.

I passi adesso acquistano velocità, li sente più vicini e pesanti, li ascolta implacabili, ormai quasi al suo fianco, quasi sul suo letto. Germán si mette seduto e nel movimento fa cadere a terra la coperta. Vorrebbe gridare, vorrebbe alzarsi e correre via ma non può, la nausea lo congela, lo lascia muto. Il rettangolo di luce della porta illumina appena una parte di parete alla sua destra, quanto basta per vedere l'ombra cinese di una mano che stringe un pugnale.

Pensa di saltare, fuggire, ma la paura lo inchioda al materasso.

Un grido terrificante rimbomba nella cella. L'ombra della mano sale e scende a tutta velocità, si abbatte cinque o sei volte, e poi di nuovo. Un urlo atroce, e poi un altro, mormorii nervosi, respiri affannosi seguiti da un silenzio gelido che dura per pochi ma lunghissimi secondi.

Passi nel corridoio, scarponi che pestano sul pavimento duro, il rumore del catenaccio, la porta si apre, grida, si accendono le luci. Germán chiude gli occhi feriti dal chiarore, poi altre grida.

«Tutti contro il muro, ho detto tutti contro il muro, cazzo!»

Germán sente un odore acido, terroso. Apre gli occhi, lentamente, a fatica, e lì vicino vede una pozza di sangue, un braccio inerte, un braccio rigido, un petto esangue.

Ascolta i mormorii. È il Pasticca. È il Pasticca.

«Avanti, contro il muro, alzati!» dice una guardia. Lo punta, lo colpisce alle costole.

Germán scende dal letto, fa qualche passo e sente il liquido gommoso e caldo sotto la pianta dei piedi, che gli cola tra le dita nude. Si scansa con orrore, con disgusto. In un momento di lucidità cancella le proprie impronte e fa scivolare la lama che nasconde ancora tra le mani, cerca un buco qualsiasi, la infila in un incavo della parete vicina. Si ferma accanto agli altri, li guarda e vede occhi come fauci, stretti, scuri e stretti – inquietudine, paura, rancore –; distoglie lo sguardo verso i muri lebbrosi, corrosi dall'umidità, tenta di non guardare verso le luci che emettono i fari, di non restare immobile, di muoversi come gli ordinano di fare.

La nausea. Tutto intorno a lui si muove. Che cos'ha detto il Lercio a proposito del Pasticca? Tenta di ricordare le parole. Si sente cadere.

«Fuori, tutti fuori con le mani in alto. Anche tu, muoviti, cazzo, andiamo, fuori.»

Adesso ci sono sei guardie, e il rumore degli scarponi nel corridoio indica che stanno arrivando altri soldati. Esce dalla cella barcollando, si precipitano tutti fuori. Un manipolo di uomini in uniforme si avvicina: le armi, i caschi, i manganelli, le grida.

«Il Pasticca, hanno ammazzato il Pasticca.»

I carcerati si muovono tenuti sotto tiro da un arsenale, spinti e colpiti con manganelli, pugni, calci, ammassati contro una parete. Li tengono immobili, stretti, impauriti, tremanti per il freddo e la paura, e nel frattempo, in un universo parallelo, a pochi chilometri e anni luce da quel posto, Úrsula López comincia a svegliarsi nella sua casa della Città Vecchia.

Qui in questo mondo, in carcere, Germán vede le orme rosse lasciate dai suoi piedi scalzi, sente il sangue che si raffredda sotto le piante, che comincia a formare una crosta sui talloni.

Ma stavolta non è il suo sangue.

7

La commissaria Lima apre il fascicolo, lo sfoglia distrattamente, beve un altro sorso di caffè ormai un po' acido a quest'ora del pomeriggio, legge qualche paragrafo saltando qua e là, sospira o sbadiglia, assorta in altri pensieri scorre ancora un paio di pagine, alza gli occhi, guarda fuori, il nulla dei muri coperti di fuliggine oltre la finestra del suo ufficio, pensa al viaggio verso casa che l'aspetta, alla camminata per le strade fredde e scure, tenta di ricordare il contenuto del suo frigorifero. Abbassa lo sguardo cercando di concentrarsi sul caso e continua la lettura: interrogatori, valutazioni psichiatriche, tabulati di chiamate telefoniche, dichiarazioni, rapporti, analisi di impronte digitali, fotografie, carte, carte, sempre carte.

Non era questo che si aspettava la commissaria Leonilda Lima quando era entrata in polizia, non era questa la vita che voleva, ma si sa, non è mai la vita che volevamo. All'inizio c'erano desideri, speranze, illusioni che si sono persi strada facendo, piani che non si sono mai concretizzati, progetti che non si sono realizzati, ma non è mai la vita che immaginavamo e la commissaria, a poco più di quarant'anni, lo sa già da un pezzo, anche se non ha mai smesso di rimpiangere ciò che non ha mai avuto.

Non è una bella donna – ha lo sguardo un po' strabico, i capelli ondulati che non sembrano essere mai dove dovrebbero stare –, ma che cos'è una bella donna se non una montagna di preconcetti e di schemi? A suo modo, è una bella donna, con i suoi occhi scuri e un po' storti che a volte sembrano gialli e brillano come quelli dei gatti, con i suoi capelli scompigliati che sembrano muoversi con volontà propria. A parte questo, ha un corpo normale, taglia standard, nessun difetto a prima vista; insomma, potrebbe essere una donna carina, o quasi carina, e se non lo è sarà per tutti quei modelli estetici che condizionano il nostro gusto.

Questa vita non è quella che immaginava, ma cerca la pace nel suo lavoro, il linguaggio dei rapporti la fa sentire nel suo brodo, protetta, tranquilla. Termini come "sospetto", "imputato", "delitto", "vittima", "ucciso", "corpo", "arma da fuoco", "arma da taglio", "foro di proiettile" le offrono un rifugio familiare, la fanno sentire utile, necessaria, le fanno pensare che sta facendo ciò che deve fare.

Le piace muoversi tra le carte piene di tecnicismi, di acronimi, in quella burocrazia conosciuta e familiare si sente l'eroina grigia ma onesta di una storia che ha una sua morale: la donna mediocre che deve farsi strada per arrivare in cima alla torre del grande stregone del male e condurlo davanti alla giustizia. Perché Leonilda Lima potrà sentirsi disillusa, avrà visto e sicuramente vedrà atti e comportamenti che la fanno sentire delusa dalla vita e perfino dalla sua professione, ma lei crede nella Giustizia. Quella con la G maiuscola.

Al terzo caffè riesce finalmente a concentrarsi. Torna all'inizio del fascicolo e legge i primi rapporti, semplici orazioni piene di termini che lei conosce, che decodifica, interrogativi che la sfidano. Sembra quasi che le peculiarità di ogni caso scompiglino la sua routine perché le impongono di ripensare tutto ogni volta, ma la commissaria Leonilda Lima, se da una parte sente il piacere di riconoscere le parole e ama le sue abitudini, dall'altra preferisce evitare i procedimenti che sono talmente consueti da diventare meccanici, sprovvisti di intelligenza. Sì, ama la routine del suo lavoro, ma usa tutte le sue facoltà in quello che fa, e perfino una certa indipendenza di giudizio, che, come vedremo, in questa storia non sarà secondaria.

Legge fino a tarda sera, prende appunti, organizza il suo pensiero utilizzando le tecniche standard e alcuni accorgimenti di sua invenzione e, passate le dieci, ha già una visione panoramica del caso e ha perfino organizzato i piani di lavoro per continuare a indagare.

Non sente il malumore iniziale per essersi vista assegnare un caso di scarsa importanza, una questione che fino a ieri era del commissario Leonardo Borda, afflitto dalle emorroidi e costretto a un intervento chirurgico programmato in tutta fretta e previsto l'indomani mattina. È già passata la delusione per non essersi vista affidare il caso degli infermieri assassini, degli angeli della morte che sembrano essere responsabili di aver fatto passare a miglior vita decine, forse centinaia di pazienti dell'ospedale Maciel. Questa sera ha cominciato a addentrarsi nell'omicidio di Carlos Lencina, alias il Pasticca, commesso nel penitenziario Santiago Vázquez, e adesso sente l'entusiasmo di sempre davanti a un fascicolo che fino a quel momento era solo un punto interrogativo, un cumulo di fatti senza senso né logica apparente, al quale dovrà trovare una soluzione, oppure darsi per vinta e accettare il proprio fallimento davanti a una mente superiore.

Passa al foglio successivo in cerca di foto, perizie, dichiarazioni, testimonianze, vede che si tratta di un omicidio commesso con ferocia, un'arma bianca che non è stata ritrovata e, soprattutto, troppe complicità in gioco. Una mente, pensava Leonilda, in ultima istanza c'è sempre una mente sola in cui balena per la prima volta l'idea del crimine. E lei deve arrivare a quella persona: scoprire il vero colpevole sotto un tappeto di foglie secche è il suo lavoro.

Guarda le foto scattate sul luogo del delitto. Una cella, le brande, un corpo sventrato a pugnalate, un mare di sangue che tinge di rosso i materassi, il pavimento, le pareti: un'opera di macelleria. Controlla i precedenti della vittima: l'uomo, che non ha lavoro né professione conosciuta, sembra essere vissuto sempre di borseggi sugli autobus, di scippi alle vecchiette, di furti a danno di gente distratta. Niente di speciale, non pare di trovarsi di fronte alla foto del cadavere di un delinquente di un certo livello. Quella massa di carne sanguinolenta sembra appartenere a un ladruncolo di quarta categoria.

Leonilda crede di vedere furia e perfino malvagità in questo caso. Un ladro di galline è stato crivellato in una cella piena di uomini che presumibilmente dormivano, un'azione rischiosa quanto feroce, un atto senza apparente giustificazione, che deve avere avuto bisogno di una serie di collusioni per uscirne impuniti.

Leonilda pensa a che cosa può avere causato la morte così violenta di un uomo del genere. Gelosia, denaro, invidia, vendetta, sesso. Rabbia.

8

Due e mezzo del mattino.

Úrsula ha la finestra aperta, la tenda di tessuto opaco chiusa, la persiana abbassata a metà. In quella penombra finisce di sistemare il cannocchiale appoggiandolo sul treppiedi che ha montato un attimo fa. Cinque piani più in basso vede un taxi che fa rumore passando sul selciato di calle Sarandí, un clochard che trascina un carrello del supermercato che sferraglia sulla pavimentazione irregolare, un cane randagio che avanza zoppicando da una zampa anteriore. Lei li scruta dal suo punto di osservazione, sentinella nella sua torre di guardia improvvisata. Improvvisata? Mica tanto. Non è casuale che lei stia qui alla finestra, e a quest'ora finisca di montare il suo osservatorio, non è la prima volta e non sarà l'ultima. Bisognerebbe parlare del perché non riesce a dormire, perché si alza nel cuore della notte, di cosa cerca curiosando a quest'ora, ma bisognerebbe risalire a un passato remoto, e questo non è possibile. A Úrsula non piace rivangare la sua storia, non ci riesce neanche con il suo analista.

Per lei, il fatto di spiare i suoi vicini attraversa tre fasi. In primo luogo, il malumore che le procura questa situazione poco pratica: chiudere la persiana e spegnere le luci, montare il cannocchiale che ha tirato fuori dal suo ripostiglio, e che poi dovrà smontare e rimettere a posto. Poi, il sentimento che si impossessa di lei quando si affaccia nelle vite altrui, l'eccitazione senza controllo. Infine, il senso di colpa per avere fatto qualcosa di inopportuno, il pentimento che arriva alla fine, la certezza che quello è stato il limite che non dovrà più oltrepassare.

Anche se sa, altroché se lo sa, che i suoi pentimenti non sono altro che lacrime di coccodrillo, che lo rifarà, che tornerà sempre a spiare. Ma serve un po' di pazienza, stiamo ancora chiudendo la fase uno, quella del malumore per il lavoro e la scomodità. Adesso il cannocchiale è montato e pronto per l'uso, ma Úrsula non si è ancora sistemata al suo posto.

Spegne l'ultima luce, posiziona con precisione la sedia, prende posto, si accomoda né sul bordo né appoggiandosi allo schienale, punta lo strumento, manipola il controllo della distanza di quell'aggeggio tedesco marca Carl Zeiss modello Jena ereditato da suo padre, mette a fuoco; ha smesso di vedere ciò che la circonda, questa sala scura dai mobili obsoleti, la vetrinetta con le statuine giapponesi, le tovaglie ricamate dai colori sbiaditi, i tappeti persiani un po' lisi, il tavolo pieno di medicine, le foto di famiglia ingiallite sui ripiani di marmo delle cassettiere, le pareti scurite dal passare del tempo, tutta la casa.

Sistema bene il cannocchiale. Úrsula fa un volo di centocinquanta metri, entra nella finestra di una stanza illuminata che conosce già: uno spazio dove tutto è pulito, chiaro, spoglio, tutto è moderno e definitivo. La stanza è dipinta di bianco, ci sono un paio di lampade di metallo opaco con luci dicroiche, quadri in bianco e nero, un paio di poltrone di design, e al centro il letto, enorme, quadrato. Bianco. Tiene lo sguardo fisso sulla coppia che si trova nel mezzo del rituale di prepararsi per la notte. La scena è semplice e prevedibile: lei si spoglia e indossa una camicia da notte, lui si spoglia e si infila sotto le lenzuola. Una volta a letto, ognuno prende un libro, leggono, a volte sembrano parlare. Úrsula aspetta, passano dieci minuti, venti, comincia a perdere le speranze. Questa è la parte peggiore: l'attesa diventa eterna, e non c'è mai la certezza che alla fine ci sarà la ricompensa per la sua pazienza. O se invece appoggeranno i loro libri sul comodino e spegneranno la luce.

Úrsula non si muove, osserva quelle persone che non conosce, che si muovono appena, le vede voltare le pagine, muovere il braccio, sistemare la coperta, bere un sorso dal bicchiere d'acqua.

Nella sua vita ci sono state altre coppie osservate, molte, a dire il vero. Odia pensarlo, odia ancora di più ripeterlo e sapere che lo ripeterà, lavora ogni giorno per reprimere quei ricordi e soprattutto per reprimere l'impulso, e per lunghi periodi di tempo ci riesce. Ma a un certo punto c'è una specie di lampo, una scintilla che si fa fuoco, e allora va a prendere il cannocchiale e lo monta, o si ferma davanti alla porta dei suoi vicini. Úrsula sa, da molti anni sa dove guardare.

C'è un piccolo segnale che le fa capire che l'attesa è terminata: la donna lascia il libro e, invece di dare un bacio sulla guancia al suo uomo e spegnere la luce del comodino, gli fa una carezza sui capelli e poi un'altra carezza sotto le lenzuola. Anche l'uomo lascia il libro e si volta verso di lei, scosta le lenzuola, le accarezza il collo poi le bacia le orecchie. Úrsula respira forte, segue i movimenti felini che fanno nel toccarsi, vede cadere una bretellina della camicia da notte, chiude gli occhi, sospira, li riapre, li vede leccarsi, immagina ogni sapore, ogni contatto, le sembra di annusare il loro sudore. Ansima. I due hanno iniziato il rituale dell'accoppiamento, l'uomo è quasi seduto e lei gli sta sopra, si muovono ritmicamente, la donna tiene la testa all'indietro, accovacciata, sale e scende, sale e scende.

In un momento determinato, Úrsula smette di respirare, ed esiste solo l'immagine che il cannocchiale le avvicina.

E poi nemmeno l'immagine, soltanto lei.

9

Quello che passa aggrappato al volante, con il piede che preme forte sull'acceleratore e i denti stretti, è l'avvocato Antinucci. Vola sulla Ruta 8 a bordo di un'Audi A6 che odora di nuovo, comprata appena una settimana fa. Quel bolide deve essergli costato una montagna di soldi, anche se nessuno può immaginare realmente quanto deve aver pagato per farlo arrivare dalla Germania in meno di un mese, tappezzato con la pelle più cara. Ha una vera e propria fissazione per questo materiale: la valigetta – l'*ataché,* come la chiama lui –, la cartella, le poltrone del suo ufficio, il piano della sua scrivania... Se fosse per lui, fodererebbe di pelle qualsiasi cosa. Sta ascoltando la sinfonia *Dal Nuovo Mondo* di Dvořák e tamburella con le dita, colpisce il volante a ritmo di musica. Sul cruscotto della macchina ha sistemato un piccolo altare, molto discreto: un paio di immagini della Vergine Maria, un san Cristoforo che gli ha regalato sua madre, un rosario con i grani di madreperla che pende dallo specchietto retrovisore.

Del suo aspetto abbiamo già parlato, della precisione nel vestire e di quell'aria marziale un po' passata di moda. Quando ascolta la musica e si sente in pace, l'espressione del suo viso ci fa immaginare la sua vecchiaia in uno studio legale; non così se si guarda la cicatrice sulla sua fronte, che potrebbe essere stata provocata da un ramo non visto, dallo spigolo di un mobile, e che invece sospettiamo, con un certo fondamento, essere stata causata da un pugno. Forse i suoi occhi sono l'unico tratto realmente inquietante, troppo grandi, troppo sporgenti, con le palpebre troppo carnose, quasi sempre nascosti dalle lenti dei Ray-Ban, che dice di non togliere mai a causa della fotosensibilità.

Sono due ore che guida lungo la Ruta 8 sotto la pioggia, si è fermato quattro volte ai bordi della strada per fumare, al ritmo di due sigarette ogni ora, pensa, e mentre lo pensa vuole già rifarlo, ma piove sempre più forte e non c'è un posto dove fermarsi a fare due boccate senza inzupparsi l'abito grigio di cachemire, in pura lana merino, e i mocassini di cuoio italiano lucidissimi. L'astinenza da nicotina lo rende nervoso e lo spinge a premere più forte sull'acceleratore, non vuole abbandonare la sua decisione di non fumare all'interno dell'auto, che ha ancora l'odore di pelle nuova delle tappezzerie. Quell'odore lo fa impazzire di piacere, o almeno crediamo.

Il dottor Antinucci vuole smettere di fumare, vuole abbandonare le sigarette, detesta il suo vizio, la sua debolezza, come la chiama lui. Ipnosi, agopuntura, trattamenti contro le dipendenze, ha provato di tutto, ha speso una fortuna in medici, guaritori, pastiglie, cerotti, iniezioni. Ha tentato di lasciare le sigarette in mille modi, ma fallisce ripetutamente, torna a quell'abitudine malsana che lo spinge a nascondersi, che lo riempie di sensi di colpa, che gli macchia i denti di quell'immondo colore giallo, che lo costringe a far visita al dentista una volta al mese malgrado la paura che gli incute. Ricorda il suo prossimo turno dall'odontoiatra e si ispeziona i denti nello specchietto retrovisore, solleva il labbro superiore lasciandoli allo scoperto, contempla le microscopiche aderenze color seppia, muove la testa e contrae la bocca in un'espressione di schifo, di amarezza. Distoglie lo sguardo e il pensiero.

Controlla l'ora per la seconda volta in cinque minuti, ha tempo in abbondanza. Toglie un granello di polvere immaginaria dallo schermo digitale con lo sfondo azzurro che indica la velocità con numeri enormi e si abbandona sul sedile da aereo di prima classe, pensa al lusso e alla comodità dell'auto, tenta di persuadersi della sua buona stella, ma i suoi polmoni continuano a gridare, chiedono fumo, vogliono nicotina.

I chilometri passano e non trova neanche la tettoia di una fermata di pullman, neppure un albero dal fogliame spesso che possa ripararlo dall'inclemenza liquida che cade e non smette di cadere. Bestemmia, e subito dopo si pente: deve ricordarsi di non usare quel linguaggio che utilizzano i clienti che lui difende e i soci occasionali, perché Dio è Ubiquo e Onnipresente, e ascolta tutto.

Antinucci tocca con la punta delle dita il rosario con i grani di madreperla che pende dallo specchietto retrovisore, dice una piccola giaculatoria e poi fissa di nuovo lo sguardo sulla strada. A poco a poco riduce la velocità che, con la strada deserta, stava sfiorando i 180 chilometri orari. In un primo momento sembra che Antinucci abbia molto presenti i suoi doveri di guidatore prudente e che li rispetti coscienziosamente, ma presto appare chiaro che non si trattava di questo: ha ridotto la velocità per fare una curva a 90 gradi e imboccare un sentiero sulla destra. Non potrà andare molto veloce, a ogni modo: quel sentiero ha dodici chilometri di pietre e terra zuppa. Una strada irregolare e piena di buche.

L'avvocato non è di buon umore, teme di impantanarsi con la sua auto fiammante, lo infastidisce pensare che proprio oggi, quando tornerà a casa, non avrà tempo di farla lavare, che dovrà tenerla in garage con tutto quello schifoso fango attaccato. L'idea di tenere in casa qualcosa di sporco lo mette di malumore, lo irrita, e l'irritazione gli provoca mal di stomaco, il mal di stomaco gli riporta su il pranzo di mezzogiorno, gli fa risentire l'acidità del vino e il retrogusto di aglio e cipolla. Il garage, dove ha fatto passare la cera la settimana scorsa, pulito e ordinato come una sala operatoria, ospiterà per una notte chili di fango, erba e, chissà, perfino merda.

Un Cessna sorvola la campagna, poi comincia a scendere.

Antinucci ha appena abbandonato la Ruta 8 prendendo una deviazione, dicevamo. Ferma il veicolo davanti a una recinzione, apre la portiera e scende frettolosamente, guarda il cielo, le nubi, il Cessna, rinnova o amplia la smorfia che abbiamo visto qualche istante fa, quando si controllava le macchie di nicotina sui denti e, malgrado l'acqua che lo bagna, accende la sigaretta che tiene tra le dita da dieci chilometri e aspira avidamente. Riprende a guardare il cielo grigio, a respirare il fumo, osserva i suoi mocassini neri, mormora qualcosa tra i denti. Pensa che viene spesso in campagna e gli conveniva portarsi nella sacca impermeabile un paio di stivali e una cerata. Fa qualche passo, apre la porta di legno, i piedi affondano di nuovo nell'acqua e la sua espressione diventa, definitivamente, di ira. Fuma ancora pochi istanti sotto la pioggia ostinata, poi apre la portiera, mette in moto e attraversa la staccionata senza nemmeno fermarsi a chiudere.

La zona è di aperta campagna, disabitata, seminata a soia e rimboschita, ci sono eucalipti e pini sulle dolci ondulazioni del paesaggio rurale uruguaiano, qualche ettaro di grano, due cortili con animali che da lontano non distingue se sono cavalli o vacche (potrebbero essere perfino dromedari), e poco più in là quello che adesso ci interessa: una pista di atterraggio che è poco più di una striscia sottile tra il sentiero e le case dei *peones*, 350 metri di terra battuta male, che nelle giornate di pioggia, come oggi, diventa impraticabile anche per i veicoli a quattro ruote motrici. Eppure, l'aeroplanino che sorvolava la campagna pochi minuti prima riesce a toccare terra e restare in pista senza grossi problemi, fermandosi laggiù, vicino alle case, o baracche che siano.

Chi invece sembra avere problemi è il dottor Antinucci, che è rimasto impantanato a metà strada con la sua Audi A6 che profuma di pelle nuova e ancora lucida, immersa nel fango che copre la parte degli pneumatici e comincia già a raggiungere la portiera. In questo preciso momento l'avvocato scende con movimenti rapidi e rigidi, ha il malumore dipinto sul viso e l'eterna sigaretta tra le dita. Laggiù, un uomo alto e magro scende dal Cessna e si appoggia alla fusoliera per bere da una lattina o una bottiglia. L'uomo rimane tranquillo, beve e aspetta appoggiato all'aereo, come se non gli importasse di inzupparsi. Un altro uomo, un gigante dai capelli bianchi, vestito da contadino – stivali, pantaloni ampi e cappello a tesa larga –, attraversa di corsa il campo in direzione della macchina ferma.

«Salve, dottore!» grida quando è ancora distante una trentina di metri.

«Portami un trattore, tirami fuori da qui, Eugenio, veloce perché devo tornare a Montevideo tra mezz'ora al massimo. Dai, Eugenio, muoviti.»

«Il trattore è rotto, dottore, gliel'ho detto l'altra volta.»

«Ma porca putt...»

Antinucci si interrompe, conosciamo già le sue motivazioni religiose e non insisteremo al riguardo; domani sarà padre Ismael a giudicare la sua condotta, e non noi. Torna a guardarsi i mocassini, il risvolto dei pantaloni sporchi di fango. Si contiene, non vuole bestemmiare. Madonna santa.

Si pente della leggerezza con cui ha deciso di viaggiare con l'Audi invece di farlo con un furgoncino sicuramente più adatto, e tutto per provare le prestazioni su strada della macchina nuova. Parla sottovoce, scandisce le parole a una a una, le fa scivolare tra i denti, le mastica, le sputa.

«Ti do quindici minuti per tirarmi fuori da qui, Eugenio, hai capito?»

«Sì, dottore. Porto la Toyota?»

«Porta quello che ti pare, ma comincia a muovere il culo. E quello lì? Che fa quello laggiù in piedi, tutto tranquillo? Non crederà mica che camminerò nel fango fino all'aereo? Digli che io tra poco me ne vado.»

L'uomo scappa via di corsa senza aggiungere una parola.

Un camioncino che sbuca da chissà dove si avvicina al Cessna, c'è uno scambio di parole tra il pilota e il contadino, c'è un passaggio di casse che Antinucci, di nuovo al riparo nell'Audi, osserva senza smettere di battere con le dita sul cruscotto, di portarsi alla bocca la sigaretta spenta, di guardarsi le scarpe e i risvolti dei pantaloni che gocciolano sui tappetini nuovi.

Passa una decina di minuti, e il contadino torna nel veicolo che abbiamo già visto, tira fuori dalla parte posteriore una barra d'acciaio con un gancio fissato all'estremità, una cassa di ferro che sembra molto pesante e un pacchetto lungo.

L'aeroplano comincia a rullare di nuovo, poi decolla e si alza in volo.

«Tirami fuori da qui, Eugenio, e poi metti tutto dietro, nel portabagagli.»

«Sì, dottore. Ma non dimentichi di lasciare i soldi per riparare il trattore.»

L'uomo con i pantaloni da contadino e il cappello a tesa larga aggancia la barra collegando la Toyota all'Audi, risale in macchina, accende il motore, mette la marcia e spinge a fondo per tirare fuori la vettura impantanata. Chili e chili di fango si alzano e inevitabilmente vanno a schizzare la vernice lucida e nera, metallizzata, i vetri oscurati, i fari allo iodio, i cerchi in lega. Alla fine riesce a tirarla fuori; Eugenio scende dal camioncino e le casse passano da un veicolo all'altro, senza che i due uomini scambino una sola parola.

Quella sera, quando l'auto di Antinucci entra finalmente in garage, ha un aspetto penoso.

Lui non vuole nemmeno pensarci, si fa un bagno, cena.

Passate le dieci entra di nuovo in garage, osserva lo stato dell'Audi A6. Tira fuori – con un grande sforzo – le due casse dal portabagagli dell'auto, le appoggia a terra per riprendere fiato, si rialza e scuote la testa; domani, con il fango ormai secco, quella porcheria si sarà solidificata e sarà più facile da lavare.

Trascina le casse fino alla cucina, apre la più grande. Tira fuori le quattro SIG Sauer P226, le controlla, le pesa una per una. Seguono i quattro caricatori Parabellum con pallottole da 9 mm ognuno, accenna un sorriso. Per la prima volta nella giornata sorride, appare soddisfatto. Estrae le due Calico M960A con i loro caricatori elicoidali, settecentocinquanta colpi al minuto, e i muscoli del viso si tendono in una grande smorfia che sembra di allegria.

E, infine, nell'altra cassa, la stella della serata: un lanciagranate RPG-7 con proiettili HEAT che estrae con cura, quasi con reverenza. Sospira e lo osserva affascinato. Lo prova, lo calza sulla spalla, immagina il buco che può lasciare in una lastra d'acciaio di quasi 60 millimetri. Accarezza la canna, la lucida con la manica.

Pensare che il capo non voleva mandarglielo, diceva che era troppo, e invece eccolo lì, nelle sue mani. Questo è per lui, decide. Se lo avvicina al viso, lo annusa, forse gli rimane sulla lingua un pezzettino di nylon che aderiva male. Appoggia le labbra sul metallo.

In fondo alla cassa restano solo i dieci sacchetti di plastica, cento grammi ognuno, coca di altissima qualità. Sorride con sempre più denti, settecentocinquanta colpi al minuto, un chilo di roba della migliore. Stira le labbra fino a che diventano come corde tese e incorniciano il suo sorriso giallo di nicotina.

10

Togliti i vestiti, ordina il poliziotto. È molto grosso, ha meno collo di una matrioska. L'uniforme gli tira sulla pancia e sulle braccia. Avanti, togliti i vestiti, togliti tutto. Girati. La stanza è due metri per due, soffitto basso, senza finestre. Un cubicolo di legno. Suoni lontani: un topo gironzola, un uomo tossisce, un'auto frena e gli pneumatici pattinano. Girati, veloce, gli dice. Inclinati un po' di più, gli dice, di più, così. Germán esegue gli ordini e si trasforma in un angolo, con le natiche puntate verso i capelli grassi di quel bestione. Silenzio, ci sono degli istanti di silenzio duro, interminabile. Da fuori arriva odore di umidità, di mattino freddo, di minestra riscaldata, un odore di cane fantasma. Il grasso gli dice di alzarsi. Si alza. Gli dice di rivestirsi. Si riveste. Impeccabile, gli dice. Lascialo passare, grida al collega che si pulisce i denti appoggiato alla porta. Accompagnatelo ai mezzi, e basta. Tu, finisci di vestirti, avanti. Rapido.

Esce abbottonandosi la camicia: un paio di soggetti – faccia annoiata, sigaretta all'angolo della bocca – lo conducono all'esterno e lo infilano in una macchina come si vede nei film polizieschi. Abbassa la testa, ragazzo, dice, e lo spinge dentro, dai, forza, siediti in mezzo. Tiene la portiera aperta e, appena il detenuto entra, si siede anche lui e la chiude con un colpo secco. La radio è accesa, trasmettono cumbia, cumbia e ancora cumbia. Scivola un po' sul sedile, si accomoda, ha un poliziotto da ogni lato, tranquillo eh, bravo, così mi piace. Germán si sistema nello spazio minimo tra le spalle dei due tipi, le gambe unite, le braccia inerti, schiacciato tra i due corpi.

Si spreme la meningi, cerca di ricordare una serie o un film, è sicuro di aver visto mille scene simili, il delinquente introdotto in un'autopattuglia, trasportato così, tra due poliziotti, da qualche parte, e mentre cerca nel ricordo la scena – che non è questa che sta accadendo adesso ma una più colorata, più brillante e, soprattutto, più piacevole perché l'ha guardata dal di fuori – tenta anche di ignorare il rumore assordante della musica tropicale che arriva dagli altoparlanti. Ma non gli riesce, l'evasione non riesce, e lui rimane lì, in mezzo ai due corpi e al suono forte e distorto, senza poter ricordare. Finisce per pensare quanto sarebbe sbiadita questa scena in un film, al dettaglio della sua camicia logora e sporca, alle scarpe storte, ai ciuffi di barba grigia che spuntano sulle guance di uno dei due poliziotti, alle unghie nere dell'altro. La realtà però è sempre più sciatta della fantasia e, supponiamo, per questo si rivolge alla seconda, e cerca di ricrearla.

L'auto parte. Germán a stento vede sfilare i diversi edifici del carcere, a stento le finestre con le sbarre e i panni stesi e la gente affacciata, il grigio del cemento, le buste di plastica che volano nella tristezza del paesaggio.

Lo sospettiamo, perché chiude gli occhi quando si fermano alla garitta per il controllo, perché li stringe forte. Il tipo alla sua destra scende, e lui sente solo le parole, le risate, poco più in là un'altra radio con altra musica che sembra la stessa musica, rumore di ferri che si muovono, porte che si aprono, catenacci che scorrono; lui chiude gli occhi con forza, dicevamo, li stringe come per saldare le palpebre e difendere i suoi pensieri e i suoi sogni, la fantasia che ora riesce a ricordare o immaginare. Non vogliamo essere troppo duri con lui, dopotutto è il nostro personaggio, ma sappiamo che Germán non ha mai avuto talento per combattere contro la realtà, e questo momento non fa eccezione. Con gli occhi chiusi, sicuramente vuole fuggire dalla reclusione nell'auto, dal passaggio della frontiera tra il carcere e il mondo esterno, e forse per quello li riapre appena l'auto riprende la marcia e si lascia alle spalle i blocchi di edifici del carcere.

Adesso vede passare le case e una strada, moto, biciclette, persone che arrivano a piedi dalla fermata dell'autobus con pacchetti e buste, e che tra pochi minuti staranno facendo la fila, e poi passeranno la revisione del carcere. Osserva la scena, ne immagina altre, vuole allontanarsi da tutto quello, e comincia a cadere in uno stato di tristezza marginale che già conosciamo.

Ingoia saliva e alito cattivo.

L'auto si dirige verso la Città Vecchia, prima lungo la Ruta 1, poi passerà per il Cerro, costeggerà le baraccopoli vicine agli accessi della città, imboccherà la Rambla del Puerto, passerà davanti alle case basse, fra le torri del container, alla sua destra ci sarà il mare, la baia, alla sua sinistra sfileranno gli edifici del Palacio de la Luz, la stazione ferroviaria. Germán pensa al tragitto, cerca di evitare pensieri concreti e in un certo modo e per un breve lasso di tempo ci riesce, ma nulla può fare per cancellare le emozioni. Da quando si è svegliato stamattina oscilla tra lo scoramento e la depressione, sente che nulla di buono può arrivare da questo teatro giudiziario da film americano, da questo confronto con Úrsula, la moglie dell'uomo che lui ha sequestrato poco più di un mese fa. Poco più di trenta giorni e tante di quelle cose che il fatto gli risulta già difficile da ricordare nei dettagli, diventa impreciso, gli sembra vecchio e datato come un melodramma color seppia, una cosa accaduta in un'altra era e in un'altra dimensione. Pensa a quando aveva lasciato la Spagna ed era tornato nel suo paese, ai piani che aveva fatto con Sergio per sequestrare Santiago, al giorno in cui lo avevano fatto, al nascondiglio, alla richiesta di riscatto a Úrsula, la moglie, al tradimento finale del suo socio. La storia gli sembra lontana, estranea, un fatto accaduto in un altro tempo, tranne lo strano rapporto che si era stabilito con la moglie del sequestrato. Si chiede se davvero lei gli ha proposto di diventare soci o se invece se l'è immaginato.

Scoramento, dicevamo, disperazione, abbandono; lo invade una percezione di disastro imminente che continua ad aumentare, un flashback di immagini rapide, di idee parziali, di sentimenti equivoci, a volte solo di sensazioni come il rancore verso Sergio o la perplessità davanti alla condotta di Úrsula. E pensa molto a lei. Tra poco si troveranno faccia a faccia in un tribunale, e si chiede per l'ennesima volta perché non lo ha accusato, perché ha detto di non conoscerlo e non avere mai sentito la sua voce, e di non avere mai ricevuto una richiesta di riscatto per suo marito. Si chiede se ha voluto proteggerlo, e non ne capisce il motivo, ma in questi momenti Germán non capisce molte cose.

Il poliziotto che è seduto alla sua destra invia messaggi di testo, scrive alla velocità del suono e invia, poi resta come in *standby*, immobile e in attesa, gli occhi fissi sullo schermo, pietrificato fino a quando il trillo della risposta lo avvisa che può tornare alla vita. E tutto ricomincia.

Nella radio dell'autopattuglia continua a suonare musica tropicale, cumbia o salsa o qualcosa che somiglia a entrambe, difficile distinguerle. Germán vorrebbe scivolare attraverso una città senza suoni che lo disturbino, vorrebbe scappare, ovviamente, chi non vorrebbe fuggire dal carcere, dalla routine, dalla realtà? Desidera intraprendere una traversata, fosse anche solo mentale, senza suoni che lo leghino all'auto. Ma la fine è sempre la stessa, la quotidianità non si abbina ai nostri sogni. Le orecchie gli rimbombano e chiede – sottovoce, ovvio, è un tipo timido, e lo sarà almeno fino alla fine di questa storia – se si può abbassare la musica ma nessuno pare ascoltarlo, non riesce a ottenere neppure uno sguardo, una contrazione nei muscoli del viso, neppure un battito di ciglia da parte dei due poliziotti che lo tengono in custodia.

Si concentra. Cerca di non ascoltare il rumore né respirare il fumo delle sigarette, impiega tutta la sua energia per catturare il paesaggio, il sole del mattino, la strada un po' bagnata e perfino l'odore del fiume-mare che filtra nei finestrini chiusi; fa uno sforzo, riesce a vedersi in un futuro vicino, di nuovo libero, l'idea lo conforta, se la gode per un istante. Ma, come gli succede molte volte al giorno, cade di nuovo nello scoramento, nell'amarezza di ricordare Sergio, il tradimento, il suo fallimento, sopraggiunge l'angustia di chi è stato sorpreso, il brusco dispiacere di chi scopre perché è stato vittima di un inganno. E si ricorda di Úrsula, quell'enigma che lui non sa risolvere. Perché ha mentito? Adesso che se la troverà di fronte, si atterrà a quello che ha dichiarato in precedenza? Il mondo, fuori, è una fermata provvisoria tra l'adesso e la libertà.

Squilla un altro cellulare. Il poliziotto sulla sinistra fa scattare il suo braccio destro e gli affonda il gomito nei reni con un movimento e una forza che Germán stenta a credere che siano involontari; il tizio si fruga nella tasca e tira fuori il telefono non prima di avere ripetuto la gomitata con quello stile Neanderthal che ormai si è abituato a subire senza lamentarsi.

Si lasciano alle spalle la campagna, superano il ponte che attraversa un fiume bello e ampio, entrano in città. Germán vede il fuoco delle ciminiere della raffineria e la sua scia di fumo grigio, e adesso l'auto circola sulla Rambla del Puerto, passano veloci di fianco alle casette di mattoni e girano a sinistra. Il tragitto dell'auto termina in una strada della Città Vecchia, solo trenta o quaranta minuti dopo essere iniziato.

11

Ha pochi ricordi di sua madre: il viso di una donna vagamente gentile e un po' assente, un volto stanco dallo sguardo perso, un viso giovanile prigioniero dentro un altro viso più vecchio e più stanco, una voce esangue, mani gelide e bianche che alcune volte, poche, la toccavano, le sfioravano il viso, la fronte. Ha perduto il ricordo della sua voce, forse perché non l'ascoltava con frequenza, perché sua madre parlava poco o non parlava a lei o parlava quando lei non ascoltava. Non ricordava nemmeno le sue abitudini, cosa mangiava a colazione, come vestiva, cosa faceva quando era in casa o dove andava quando usciva. La sua faccia invece sì, la ricorda, anche se si chiede se quei tratti affiorano dalla sua memoria o dalle foto con cui suo padre aveva poi riempito tanti spazi della casa, angoli, luoghi in cui quella donna così magra a stento faceva ombra quando era viva, e che lui aveva occupato per una morta. Le appartiene, invece, il ricordo olfattivo di lei, il tenue aroma del sapone Heno de Pravia, quello alle erbe silvestri, che accompagnava l'odore personale di corpo pulito, e il fetore di malattia che venne dopo, di medicine, di sudore, di urina.

«Non voglio morire.»

A volte si ricorda un gennaio con le finestre chiuse, era

l'epoca delle estati lunghe e calde, della spiaggia dell'est, ma in quel gennaio tutta la famiglia era nella casa della Città Vecchia, il padre, sua sorella Luz, la zia Irene e lei, tutti parlavano sottovoce, chiudevano le porte con cura e si muovevano in punta di piedi negli ambienti bui malgrado il sole intenso all'esterno. Ricorda l'odore dei gelsomini bianchi che l'uomo con la cesta portava puntualmente ogni sabato, dolce i primi giorni e poi con un tanfo di marcio e di morte prima che li cambiassero.

«Non voglio morire.»

Ricorda se stessa. Si vede in piedi di fianco a un letto in una stanza enorme che suo padre chiuse e che ancora oggi è sotto chiave, ricorda il soffitto alto e il lampadario a gocce di cristallo, le modanature che imitavano edere bianche, le tende solenni, le immagini barocche di sante e vergini, l'odore di tarmicida delle poltrone di velluto, quello di sapone da bucato delle coperte bianche, di tappeti freschi di tintoria, quello degli antibiotici mescolati all'Heno de Pravia che emanava dal corpo di sua madre.

Ricorda l'infermiera, una donna grossa e bionda che usava occhiali con una catenella dorata, che restava tranquilla per ore e ore, il gomito appoggiato al davanzale della finestra e lo sguardo fisso sulle auto e i passanti, la sua malinconia da sposa, ricorda che la donna le prese il polso, le controllò le pulsazioni, guardò l'orologio per molto tempo e le lasciò la mano sulla coperta bianca, la poggiò con cura sulla tela di piqué, fece un giro lento verso di loro, guardò il padre, affrontò lo sguardo della bambina e lesse la paura nei suoi occhi. La madre era rimasta inerte nel letto, il fazzoletto dalla testa era scivolato verso l'orecchio destro e la mano non si era affrettata a sistemarlo come tante altre volte.

«Non voglio morire» aveva gridato pochi minuti prima, e Úrsula, da fuori, aveva sentito, aveva aperto la porta ed era entrata, aveva visto l'infermiera prendere la mano della donna pallida e malata, lasciarla con dolcezza sulla coperta bianca, l'aveva vista girarsi verso di lei e suo padre.

Tra le due tende di velluto riuscì a vedere che cominciavano ad accendersi le luci della cattedrale, le prime luci apparivano negli spazi vuoti delle finestre, negli angoli delle strade, in una lunga fila di edifici sulla costiera. Il transito di fine giornata, le voci della gente in fuga verso casa, tutti i suoni del mondo giunsero lontani, ammortizzati, disintegrati dalle persiane di legno e dai velluti delle tende. Il mondo era così distante che dentro quella stanza si riusciva ad ascoltare perfino lo scricchiolio dei mobili.

La zia Irene entrò in quel momento con un recipiente d'acqua che profumava di colonia inglese e di lavanda, e da qualche posto arrivò una musica leggera, probabilmente una canzone popolare che giungeva dalla radio della cucina.

L'universo si fermò, e il quadro rimase fisso nel suo ricordo come una fotografia: l'infermiera angosciata nel suo camice bianco di cotone in pieno gennaio, la catenina con gli occhiali appesa sul petto, il padre in piedi davanti a lei, la sua giacca blu estiva con i bottoni dorati e lo stupore nelle sopracciglia inarcate, la mano della zia Irene ingioiellata con braccialetti e anelli afferrata al recipiente con l'acqua che non sarebbe mai stata usata, e poi lei, Úrsula, bambina triste che annusa la paura e l'amido e la morte. Una foto, un quadro, un acquerello dai colori tenui, che vanno in frantumi quando l'infermiera si schiarisce la voce e dà l'annuncio che mette fine a quella quiete macabra.

Quel riflusso del passato è suo, è il suo ricordo, è la parte di sua madre che Úrsula si porta dentro. Non sono le foto che suo padre si affrettò a esporre, né gli aneddoti di Luz, sua sorella: è la traccia rimasta nella sua memoria, solo in lei, perché è sicura che nessun altro ricordi quella gamma di aromi.

E lei è qui, molto tempo dopo, in questa stessa casa e tra

tutte queste cose vecchie, con i ricordi che le affiorano in testa e la voglia di dormire tutta la notte, con la speranza di sogni privi di passato, di memoria, di futuro.

Prima di cominciare a uccidere, credeva che le sue vittime profumassero di lavanda e amido, che l'avrebbero guardata negli occhi misurando la sua paura, e in quelle notti non riusciva a dormire malgrado il sonnifero, distesa sulla schiena, tormentata dal sudore.

12

Immaginate la sala d'attesa del Tribunale Penale.

No, non si tratta di quelle sale d'attesa dei tribunali delle serie americane, dipinte con delicati colori acquerello e con arredamento austero, legni nobili e scuri, lucidi, tappeti spessi che silenziano i passi di avvocati, procuratori e giudici in abito grigio, di prolissi tutori dell'ordine pettinati e rasati. Qui non ci sono corridoi ampi né stanze soleggiate, niente tendaggi bordeaux, né biblioteche con centinaia di tomi rilegati in pelle verde inglese. No, niente di tutto questo.

Pensate che in questo luogo la prima cosa che esplode nel naso, ancora prima di essere entrati, è un odore che fa pensare al chiuso, a gabbie di animali. Prima di affrontare la fila di sedili di plastica rossa o arancione – sono scoloriti e ormai la differenza non conta –, prima di vedere pareti gonfie con sei strati di vernice celesti, beige e verdi, prima di passare davanti alle macchie scure di infiltrazioni, appena usciti dall'ascensore di ferro battuto, di formica poi rifoderato di plastica, l'odore sferra un colpo da K.O. Il luogo puzza di umidità e corpi lavati male, è quell'odore che nascondono i supermercati nella parte posteriore dove è vietato entrare, l'odore delle case in rovina. Il mondo esterno arriccerebbe il naso entrando lì dove i detenuti rimangono ore e giorni in attesa di essere ricevuti, di ascoltare domande mentre vengono trascritte le loro risposte, di qualcuno che comunichi loro la decisione, aspettano di sentire quella parola che segna il confine tra essere fuori e rimanere dentro.

Non ci sono finestre, non ci sono lucernari, nessun riferimento alla luce dell'esterno, non ci sono bandierine, nessun contatto con la strada tranne il freddo scuro e prepotente che sale dalla tromba delle scale. Il pavimento di piastrelle è parzialmente divelto, e si vedono le macchie di cemento del sottopavimento, le ragnatele e la fuliggine del fumo delle sigarette macchiano il tono verde acqua del soffitto e la porta di metallo dell'ascensore, un tempo marrone, mostra i nomi di centinaia di imputati incisi con la punta di una chiave o dipinti con lo smalto per le unghie.

Se camminiamo in quel corridoio stretto e male illuminato, se entriamo nella sala d'attesa del Tribunale Penale numero 4 vedremo Germán, i gomiti sulle ginocchia e la testa appoggiata sui palmi delle mani e, come nell'autopattuglia, stretto tra due poliziotti. Almeno è finito il martirio della cumbia – qui non è permessa la musica, in nessuno dei suoi generi –, e gli agenti di custodia, tanto per cambiare, si intrattengono con i cellulari, gli occhi fissi sullo schermo, inviano e ricevono messaggi, lasciano trillare i telefoni, abbattono marziani e divorano Pacman, e ogni tanto si alternano per uscire a fumare, e tornano con un odore nuovo che si mescola agli altri odori.

Attenzione alla porta dell'ascensore: in questo momento si apre ed escono altri due poliziotti che hanno in custodia un uomo dall'aspetto arcigno e trasandato. Germán riconosce il modo di camminare di Ricardo il Lercio. Entrano nel recinto, e i poliziotti, che salutano i loro colleghi con un cenno del capo, indicano al detenuto dove sedersi. Lui obbedisce trascinando i piedi, la testa china, si lascia cadere sulla sedia e la fila di sedili rosso-arancione si sposta all'indietro per l'impatto. Gli uomini in uniforme si siedono ai suoi lati, come possiamo immaginare che indichi la procedura. Per un istante il tipo fissa Germán, gli sguardi si incrociano, c'è una scintilla, appena un lampo, e poi tornano a perdersi ognuno nei propri pensieri. Dopo pochi minuti, il nuovo arrivato sembra svenuto o forse addormentato.

Guardate un po' come dalle maniche rimboccate spuntano due braccia con tatuaggi neri, lettere che formano nomi, teschi dagli occhi fiammeggianti; macchie rosse di sangue disegnato che gocciolano sulla pelle. E, sotto i disegni, i muscoli sono nodosi come quelli di un peso piuma. Germán, che sui tatuaggi ha imparato più cose in questi giorni che in tutta la sua vita, sa che quel teschio rappresenta la Morte, che il tipo che pare addormentato gli ha fatto una promessa che manterrà costi quel che costi, anche a prezzo della sua stessa vita. Stiamo attenti, non guardiamo troppo Ricardo il Lercio, se si svegliasse non ci piacerebbe affrontare quegli occhi, potrebbe guardarci con una furia capace di causare incubi. E Germán lo sa.

Si obbliga a distogliere lo sguardo, osserva ogni dettaglio della sala, una sedia solitaria e mezza rotta abbandonata in un angolo, le mattonelle opache e disuguali, la porta di legno che collega i due uffici, marrone e chiusa. Lui non lo sa, ma il suo volto è ingrigito negli ultimi minuti, come per effetto di un'alchimia letale, i solchi delle occhiaie paiono più profondi, più scuri. Non sappiamo a cosa stia pensando adesso, forse al confronto di oggi con Úrsula, più di un mese dopo quell'incontro lì nel bar Tasende. Oppure tenta di non pensare a niente.

Si apre la porta che conduce agli uffici, una soglia che comunica col mondo. Germán alza lo sguardo verso la donna che è appena uscita con un foglio in mano, ha la tipica bocca rossa e unta che disegnano le matite per le labbra da quattro soldi, la sente pronunciare il suo nome con le labbra ben aperte, arrotondate, lei aspetta che lui si alzi e lo fa entrare, poi richiude. I poliziotti, che per un attimo sono rimasti in attesa di possibili ordini, tornano a inseguire Pacman.

Percorrono il corridoio di dodici o quindici metri, porte a destra e a sinistra, marroni e chiuse. Il corridoio illuminato da lampadine fredde a basso consumo, una luce triste da bagno pubblico o da macelleria. Si fermano davanti alla penultima, la donna apre, gli fa segno di entrare. Germán obbedisce. Non sottovalutiamo questo dato: per ciò che abbiamo visto fino a ora, Germán obbedisce sempre.

Dentro lo aspetta Antinucci, è seduto di fronte a un uomo che Germán suppone sia il giudice. L'ufficio è piccolo, e la superficie della scrivania offre un aspetto disordinato, caotico, e sopra una quantità di oggetti e carte c'è un fascicolo aperto che sicuramente sarà il suo. Una donna giovane, forse la segretaria, distribuisce prismi colorati su un monitor che smentisce le voci sull'obsolescenza programmata dei computer. Non alza gli occhi dall'immagine, digita frenetica e tenta di bloccare i prismi che scendono, e in quella missione impossibile salta lei stessa a destra e sinistra, avanti e indietro, come se fosse uno dei tanti rettangoli del gioco.

Germán esita, non sa se deve avanzare o aspettare in piedi, né il giudice né Antinucci lo hanno degnato di uno sguardo, non hanno dato segno di essersi accorti della sua presenza. Si asciuga il sudore dalla fronte con il palmo della mano aperta, è nervoso e stordito, è ansioso e confuso come se fosse reduce da una sbronza e avesse tentato di vincerla con un eccesso di caffeina.

Resta immobile fino a che la donna che lo ha condotto fin lì lo tocca appena e gli indica una sedia, sussurra qualche parola al giudice, risponde a un paio di domande che questi le rivolge, prende un foglio ed esce di nuovo.

«Guardi un po' chi abbiamo qui! Dottor Lancia, le presento Germán Palacios, proprio lui, il sequestratore di Santiago Losada.»

La familiarità di Antinucci lo inibisce più del sopracciglio aggrottato del giudice. Sperava di trovarsi di fronte a una persona insignificante, qualcuno che fosse l'incarnazione dello scribacchino, dell'amministratore di giustizia minuzioso e un po' stupido, ma quest'uomo ha lineamenti duri e rotondi, due occhi intelligenti e aperti, quel genere di presenza che suscita amore o odio. Raggi di sole obliqui illuminano la scrivania e Germán riesce a vedere il documento e un foglio sul quale è scritto, in grande: DICHIARAZIONE DI ÚRSULA LÓPEZ.

«Prego, si sieda.»

Lo guarda dal basso delle sue sopracciglia folte, chiude un fascicolo e quasi abbozza un sorriso, poi guarda l'avvocato, continua quella che sembrava una chiacchierata rimasta tronca per colpa sua, parole che parlano di leggi e sentenze, pene di molti anni di prigione o di penitenziari. Germán si siede, massaggia una per una le dita delle mani, le guarda come se dovesse impararle a memoria.

Da fuori arriva un rumore assordante, un fracasso, voci che salgono di volume e diventano grida, un rumore che ricorda un mobile di metallo che viene trascinato e cade sul pavimento, porte che sbattono. Tutti hanno sollevato lo sguardo, c'è un silenzio attento e carico di attesa.

Il giudice si alza in piedi davanti alla sua scrivania, esita. La porta si apre ed entra di nuovo la donna che aveva accompagnato Germán, ancora afferrata al foglio di carta che teneva in mano quando era uscita. Il giudice la guarda e si lascia cadere sulla poltrona, aspetta. Lei chiude la porta con un colpo deciso, con quattro falcate raggiunge il tavolo e si china sul dottor Lancia. Sussurra nervosa, allontana il viso, osserva l'effetto delle sue parole sul volto del giudice, che la guarda e sussurra a sua volta parole che da lontano sembrano una domanda, e alle quali lei non risponde, limitandosi a scrollare le spalle. Si guardano ancora per qualche secondo. Il giudice Lancia ora non sussurra più, eleva la voce al rango di grido, balza in piedi dalla poltrona, guarda la donna e sembra contenere a stento la voglia di afferrarla per le braccia e scuoterla.

«Come ha detto? Ripeta, per favore.»

Per qualche istante la donna tace, sa bene cos'è un effetto teatrale. La tensione sale nell'aria come una voluta di fumo, si espande come l'odore di incenso o di merda.

«Ricardo Prieto, che era stato portato qui per rilasciare una dichiarazione, è appena fuggito dalla sala d'attesa.»

Antinucci, che fino ad allora era rimasto immobile, la gamba destra accavallata sulla sinistra e le due mani sulla scrivania del giudice, tira fuori il cellulare dalla giacca e guarda lo schermo, lo rimette in tasca, cerca nella giacca il pacchetto di sigarette e ne estrae una che adesso tiene tra le dita, spenta.

Il giudice Lancia sbuffa a denti stretti, si gratta la guancia con il dito medio, guarda la donna e aspetta, rigido, il volto come una maschera. Lei scuote la testa, non ha altro da aggiungere. Lui si avvia verso la porta.

Dalla piega che sta prendendo questa udienza per il confronto, non c'è modo di evitare il naufragio. Dalla porta, il giudice guarda Germán.

«La signora Úrsula López ha comunicato che oggi non potrà essere presente. Il confronto è rinviato a data da destinarsi. Nel frattempo ho già firmato il provvedimento per la sua scarcerazione.»

13

Fuga di Ricardo Prieto, alias il Lercio
Un trucco da illusionista

Il soggetto ha dato vita a una fuga degna della migliore letteratura poliziesca. Se l'omicidio che aveva commesso qualche mese prima aveva occupato le prime pagine dei giornali, la sua scomparsa dal Tribunale Penale dove era stato tradotto non è stata da meno.

Dopo avere beffato l'agente di custodia che lo aveva accompagnato al bagno, il detenuto è riuscito a sparire dalla sala d'attesa del Tribunale Penale dove avrebbe dovuto rilasciare le sue dichiarazioni in merito all'omicidio del quale è accusato. Pochi secondi dopo, quando tutti si sono accorti della sua fuga e hanno avuto inizio le ricerche nella calle Rincón e dintorni, gli agenti hanno verificato che il pericoloso delinquente era svanito nel nulla.

Gli agenti di polizia sono stati impegnati in una caccia che è durata fino a tarda notte, effettuando rastrellamenti accurati in tutta la zona, prima di arrendersi all'evidenza della fuga.

Ricardo Prieto, che si è certamente avvalso di complici e veicoli, deve trovarsi già in un nascondiglio sicuro, lontano dal luogo dove si svolgevano le ricerche.

Prima che fosse terminata la giornata in una Città Vecchia ancora scossa dalle ricerche del nuovo Arsenio Lupin, il capo della polizia, ispettore Dario Clemen, consegnava al magistrato di turno uno degli agenti di custodia, il quale confessava di aver agevolato la fuga in cambio di diecimila pesos che sono stati ritrovati sotto il sedile del ciclomotore di sua proprietà, parcheggiato all'interno del recinto del penitenziario dove presta servizio.

Dal quotidiano "El Informante"

14

Ciao Rogna, è un sacco di tempo che non ti vedo, come te la sei passata al gabbio? E adesso sei di nuovo in libertà? Mi fa piacere. Quanto durerai fuori, stavolta? Sì, sì, di' una preghiera alla Madonna, a Oshún e a tutti i santi, ne avrai bisogno per tenerti lontano dagli sbirri e dal carcere. Ti ho portato quello di cui avevamo parlato, uno, due, tre, quattro e cinque, conta tu i biglietti, fammi il favore. Sì, sono i cinquemila che mi hai chiesto, né uno di più né uno di meno. Tutto bene? Sì? No, una moto non te la posso procurare, fratello. No, io ho mantenuto la parola, ora tocca a te. No, no, no, niente *Chichi,* io non sono una delle tue amichette, quando parli con me mi devi chiamare commissaria Lima, ti è chiaro? Oppure signora, se c'è qualcuno vicino che può ascoltare. Ma chi vuoi che ti senta in questo posto sperduto? Nemmeno i sorci si avvicinano qui e a quest'ora. E adesso sputa il rospo: hai avuto quello che volevi, cos'hai da dirmi del nostro fuggitivo, del Lercio? Guarda che adesso sono io a capo delle indagini, perché il commissario Borda si è operato, hanno assegnato il caso a me e spero tu abbia informazioni che valgono quei cinquemila pesos. Senza contare che farmi venire fin qui... è un viaggio. Non ce l'avevi un posto migliore per incontrarci? Ti ho detto di non chiamarmi *Chichi,* lo capisci? Comunque, forza, comincia a raccontarmi, dici che il Lercio si nasconde nel quartiere? Me lo immaginavo. E dove sta rintanato? Parla chiaro, che ti pago profumatamente per farlo. Sì, dovevo aspettarmelo che non restasse tutto il tempo nello stesso posto. Andare a trovare la madre, la fidanzata, è un classico. Sì, già lo so, va e viene sempre di notte, in modo che noi sbirri non possiamo entrare con un mandato di perquisizione. Ne sapete una più del diavolo, voi. Ma non mi stai dicendo niente di nuovo, questo potevo dedurlo da sola. Non abusare della mia pazienza, guarda che non ho tutta la sera per stare qui a sentire le tue chiacchiere. E cosa sai dell'omicidio del Pasticca? Sì, caro mio, anche quel caso è mio adesso. È stato lui? È stato Ricardo Prieto, il Lercio? È quello che sospettano tutti. Ah, non ne sai niente? Ah, quindi tu non ne sai niente, Rogna? No, non giurare, non fare il furbo con me. E allora perché cazzo mi hai fatto venire? Fai uno sforzo, fai lavorare il cervello, pensa. Il Lercio, *man,* stiamo parlando del Lercio, di Ricardo Prieto. E dell'omicidio che c'è stato pochi giorni fa. Tu eri ancora dentro, ti ricordo che sei uscito solo l'altro ieri con la condizionale. Ma stai attento perché la tua libertà può finire anche domani mattina. Va bene, tu non lo sai, tu non sai niente, ma immaginiamo, supponiamo che sia stato lui. Deve avere avuto dei buoni complici all'interno del carcere, perché qualcuno da dentro ha fatto sparire il coltello usato per eliminare il Pasticca. Secondo te chi l'ha fatto sparire il *naifa*? Per telefono mi hai detto che qualcosa sapevi; adesso te lo sei dimenticato? Parla chiaro, fammi capire bene. Cosa? Dici che è un avvocato quello che lo protegge? Sei sicuro? Strano, non è la risposta che mi aspettavo. Be', del resto i penalisti sono appena meno delinquenti dei delinquenti che difendono, e a volte neanche questo. Antonucci o Andreucci, qualcosa del genere. D'accordo, verificami bene il nome di questo tizio, guarda che dipendo da te per saperlo, e tu mi devi più di un favore. O non te lo ricordi più? Aspetto una tua chiamata per confermarmi l'informazione, e se non me la confermi vengo a prenderti io stessa con la macchina a sirene spiegate, e in cinque minuti hai tutta la feccia di Montevideo addosso. E adesso dimmi di quella grossa notizia che avevi e che mi è costata così cara, altrimenti finisco nel tritacarne per aver speso a vuoto i soldi della polizia. Sì, mi hai detto che il Lercio ha qualcosa che bolle in pentola, che sta preparando un colpo grosso. Dai, forza, accelera, certo che questo mi interessa molto. Un furto grande? Quanto grande? Un furgone blindato. Cazzo! Fa le cose in grande Ricardo Prieto... E dici che sta cercando gente? Che tipo di gente cerca? Immagino che non prenda chiunque. Non tutti sono disposti a lanciarsi contro un furgone blindato. Sì, certo, quelli trasportano un sacco di soldi, ma lì dentro sono anche armati fino ai denti, parliamo di armi di grosso calibro. E la gente non vuole casini con un blindato.

Va bene, vediamo un po'. E tu ti offri volontario, Rogna? Non fare il cacasotto. Certo che ti daremmo garanzie. Che altro vuoi? Non ti succederà niente, povero bambino. Devi solo entrare nel gruppo che metterà a segno il colpo e dirmi la data, nient'altro. No, non ce l'ho una sigaretta, io non fumo. Un tabaccaio da queste parti? Ma come ti viene in mente? Da queste parti non c'è niente. Ti dicevo, io ti voglio lì, devi partecipare all'assalto, tu ti proponi per far parte del gruppo operativo e, quando sei pronto, mi passi tutte le informazioni: dove, quando e come agiranno. Sì, lo so già che non sarà facile. Cosa ci guadagni? Fammi parlare con i miei, ma stai sicuro che almeno ventimila te li procuro. Quaranta? Tu sei fuori di testa. Magari riesco a procurarti una moto usata, lasciami vedere col mio capo. Noi ci teniamo in contatto, tu intanto lavorati il Lercio, convincilo a farti partecipare al colpo, che i precedenti non ti mancano. E quando sai qualcosa chiamami a quel telefono. Aspetto tue notizie, non fare il finto tonto.

Su con la vita, coraggio. Ci sentiamo.

15

La donna entra in casa, chiude, la voce alle sue spalle è così delicata che non sa se sta sognando.

«Come stai, Mirta cara?»

Lei resta immobile davanti alla porta, ha ancora la chiave nella serratura e la mano sulla chiave, e dopo un attimo di silenzio è ancora in dubbio se la voce era reale o arrivava dal fondo dei suoi incubi. Comincia a girare lentamente, sente la vena del collo che pulsa, le mani sudate. I ricordi le cadono addosso e lei tenta di spingerli fuori, ma dall'angolo più oscuro della stanza la voce torna a farsi sentire e cancella qualsiasi confusione.

«Come sono contento di vederti! Vieni, avvicinati.»

Mirta appoggia la schiena contro la porta, sente i listelli di legno conficcarsi nelle sue costole e i vestiti incollarsi alla pelle, malgrado il freddo. Ricorda un pomeriggio, l'ora della *siesta* e il sesso con Ricardo, quell'epilogo brutale, la polizia e il cadavere della signora Irene. Dal punto in cui si trova, nella penombra, vede solo i suoi contorni, un abbozzo dell'uomo. Non vuole guardarlo, le parole che ha ascoltato le hanno fatto dimenticare di accendere la luce. La chiave trema fra le sue dita. Fa uno sforzo per restare in piedi, teme di scivolare a terra e cadere sui talloni.

«Cosa c'è? I topi ti hanno mangiato la lingua?»

Riesce ad accendere la luce e lui è lì. Si stacca dalla porta con difficoltà, fa qualche passo, sente i brividi nelle gambe, si ferma davanti a Ricardo. Tenta di respirare normalmente e solleva gli occhi. Lo guarda, per la prima volta lo guarda. Parla con un filo di voce.

«Come sei entrato?»

«In questo periodo ho imparato parecchie cose. Chiamale pure nuove abilità.»

Sul tavolino, vicino a dove ha appoggiato gli stivali, c'è una bottiglia di vino smezzata. Lui l'afferra, beve un sorso, poi un altro.

«Per esempio ho imparato come si apre una serratura. E anche tu devi avere qualche nuova abilità, almeno a giudicare dal posto dove vivi.»

La donna lo vede ridere, e quel riso disegna una vasta trama di rughe agli angoli delle palpebre. È più vecchio. E più feroce. Dà un altro sorso di vino e si lancia in un'altra risata. La donna guarda la bottiglia di vetro e vede, o crede di vedere, il riflesso della sua camicia di seta turchese. Guarda gli anelli, la barba di diversi giorni, quei tatuaggi che lei non conosceva, trattenendo la paura e il disgusto. Lui ride senza motivo, tira fuori la lingua mostrando un piercing, fa un gesto osceno. Uno degli anelli ha una grande pietra azzurra. Un altro è una treccia tatuata sul dito. Mirta riesce a stento ad articolare qualche parola.

«Quando sei uscito? Sei in libertà condizionale?»

Lui non risponde, fa passare il vino da un lato all'altro della bocca come se volesse sciacquarsela.

«Cosa vuoi, Ricardo?»

«Cosa vuole lei da me, Ricardo?...» La voce imita la voce, ma è più languida.

La parodia non elimina il brivido. Lui alza la bottiglia, beve.

«Da dove li tiri fuori questi vini di marca? Un po' caro per una serva o una cuoca. O non fai più la serva?»

«Me li regalano.»

«Sì, certo. Ti regalano anche le scatolette francesi che tieni in cucina, e i mobili, e questa casa.»

Si china in avanti e mette il vino sul tavolo; la bottiglia colpisce forte e un getto di liquido rosso cade a terra, formando una macchia sul tappeto chiaro. A Ricardo non sembra importare. Mirta resta a guardare la macchia, i contorni che si allargano, la figura di una nube rossa.

«Chi è stato ad ammazzare la vecchia, Mirta? Sei stata tu?»

Lei lo guarda con il terrore dipinto sul viso, e tarda a rispondere. Si potrebbe dire che le parole che si era tenuta dentro in questi anni cominciano a prendere forma nella sua gola.

«Tu sei pazzo, sei sempre stato fuori di testa.»

«Sei stata tu ad ammazzare la vecchia?»

«Lo sai benissimo che non sono stata io.»

«E allora chi è stato? Il Grande Puffo ha fatto fuori la vecchia e le ha rubato un fottuto anello mentre noi dormivamo?»

«Io non lo so, te lo giuro.»

Lo dice, e i suoi occhi diventano una macchia rossa che adesso sembra una mappa del paese, il centro oscuro, quasi nero, e i bordi sono di un rosso più chiaro, frontiere imprecise.

Mirta ripete: «Ti giuro che non lo so».

«Non fare la stronza con me.»

Ricardo alza la bottiglia e balza in piedi, la prende per una spalla e obbliga la donna a sollevare il viso. Le passa un dito sulle sopracciglia delineate, sugli occhi truccati di nero.

«E non ridere di me, brutta troia. Adesso non mi conosci più, non sai chi sono adesso?»

«Io non sono stata. Ti giuro che è la verità. E non sto ridendo, non ho nessuna voglia di ridere.»

«E allora? Tu che cosa pensi? Ce l'avrai un'idea.»

«Non lo so, Ricardo. Sull'arma c'erano le tue impronte. Ho pensato che fossi stato tu. È quello che ho sentito, che ho letto sui giornali. A me nessuno ha dato informazioni diverse.»

«Il revolver aveva le mie impronte perché io l'ho visto sul tuo comodino e l'ho preso un attimo, ho giocato un po', ho fatto finta di sparare. Ero piuttosto fatto. Tu non mi hai visto giocare con quell'arma?»

«No, non ho visto niente. Mi sono addormentata dopo che avevamo scopato, non mi ricordo niente. È quello che ho dichiarato al processo, ed è la verità.»

«Quindi tu avresti detto la verità, troietta?»

Ricardo la stringe ancora un po', le passa sulla faccia un dito duro e ruvido, le alza la gonna e abbassa un po' il bordo delle mutandine, la sua mano invade, lo stesso dito si introduce, fruga. Appoggia il suo viso contro quello di Mirta.

«Il tuo culo mi ha fatto sempre arrapare. Girati.»

«Lasciami, Ricardo.»

«Non sono più Ricardo, adesso sono il Lercio. E tu adesso sei una puttana.»

Lei tenta di allontanarlo, di schivare la mano, il dito. L'odore di vino la stordisce, le fa venire la nausea. Evita la sua bocca che le assedia il viso, la immobilizza. Conati, angoscia, schifo. Si fa forza, lo spinge, si libera e si separa da lui.

«Lasciami in pace.»

«Stai buona, merda. E non ti permettere di spingermi.»

L'ordine arriva con un manrovescio sulla faccia. L'anello con la pietra le ferisce lo zigomo, fa sgorgare gocce di sangue che le scorrono sul viso, ne sente il gusto agli angoli della bocca. Ma obbedisce, e resta immobile.

Lui la prende per i capelli, le tira indietro la testa. Le alza la gonna con un solo gesto, le strappa la camicetta, un bottone turchese vola e cade sul pavimento, lui le abbassa il reggiseno di pizzo, le stringe i capezzoli.

«Ti piace?»

Parla e mette su una faccia da gatto che ha appena leccato il latte. Lei non lo guarda, tiene gli occhi fissi sul pavimento, sul bottone turchese.

«Sei una cagna di merda.»

La gira e la palpeggia, apre e chiude le mani sulla carne blanda, si apre i pantaloni e comincia a spingere, ansima meno di un minuto sulla sua schiena.

Finisce e la libera, la spinge lontano, va verso la poltrona e si lascia cadere, si siede con i pantaloni ancora abbassati sulle ginocchia, prende la bottiglia e beve.

«La mia prima scopata dopo quel giorno. Con una donna.»

Respira forte, ride e si asciuga la bocca con il dorso della mano. Sembra soddisfatto, ma non sappiamo se perché ha messo Mirta al suo posto o perché si è tolto la voglia. Probabilmente ha preso due piccioni con una fava. Si tira su i pantaloni, chiude la cerniera e si alza.

«E adesso mettiamoci al lavoro, Mirta. Dobbiamo rileggere quella storia.»

«Te l'ho già detto, non so niente. Lasciami in pace.»

«Stai zitta. Adesso tu mi dici chi ha incassato l'eredità della vecchia.»

Mirta non ha ancora finito di sistemarsi i vestiti; tenta di chiudersi la camicetta con un bottone in meno, barcolla e inciampa nella gonna, le dita le tremano e non riesce a coprirsi.

«Parla. Guarda che posso essere molto più cattivo.»

Glielo dice con un tono scanzonato che pretende di essere simpatico. Lei cerca di pensare a quello che deve dire.

«Non lo so. Come faccio a saperlo? Nessuno racconta alla domestica le proprie questioni legali.»

«Certo che lo sai. Tu conoscevi la padrona da un sacco di anni. Aveva figli?»

Lei scrolla le spalle.

«Figli, no. Immagino che l'eredità sia andata alle nipoti.»

Lui la guarda con attenzione.

«Quelle due stronzette hanno testimoniato contro di me al processo, così ha detto l'avvocato.»

«Allora le conosci.»

«Le ho viste entrare quando stavo aspettando di essere interrogato, ma non mi ricordo bene le facce. Una era grassoccia, questo me lo ricordo. Non ti è rimasta qualche foto?»

«No. E al processo non c'erano?»

«No, cretina, qui i processi non sono come nei film, non vedi quasi nessuno. A stento sono riuscito a vedere quel rottinculo dell'avvocato d'ufficio che mi ha difeso, si fa per dire, e che adesso per fortuna è morto. Adesso ho il dottor Antinucci, il migliore avvocato sulla piazza.»

«Ah, bene.»

«Dici che l'hanno intascata loro l'eredità della vecchia?»

«Non so niente, Ricardo, ma credo sia andata così. Io le nipoti non le ho più viste, ma erano le uniche parenti di Irene, e devono avere ereditato tutto.»

«Nomi?»

Mirta esita.

«Luz e Úrsula López.»

«Altre informazioni? Numeri di telefono?»

«Niente. Posso dirti solo di cercarli sull'elenco.»

«Hai detto che si chiamano Luz e Úrsula López. Sì, sono sicuro che le troverò sull'elenco telefonico.»

«Sì, López, ma non so dove vivono. Non so nient'altro.»

«Bastarde! E mi hanno pure accusato di aver ammazzato la vecchia, e mi hanno affibbiato il furto di un anello che non ho mai visto in tutta la mia vita.»

«L'anello di Irene? Lo teneva sempre addosso, me lo ricordo benissimo. Era particolare, di oro grigio e con un brillante grosso come una noce.»

Lui la ascolta, annota i nomi su un pacchetto di sigarette, beve quel che resta del vino e si pulisce con il dorso della mano. Prima di andarsene guarda la lampada di design costosa, le poltrone bianche, sorride. Esce e lascia la porta aperta.

In strada, tira fuori un cellulare dalla tasca, compone un numero, aspetta.

Dottor Antinucci? Capo, non so se si ricorda di me, qualche giorno fa le ho chiesto di verificarmi quella cosa. Sì, chi ha intascato l'eredità di una certa Irene Salgado. Ha già quei nomi? Mi dica. Luz e Úrsula López Salgado? Non è che potrebbe procurarmi anche i loro indirizzi, dottore? Come dice? Lei la conosce di nome questa Úrsula López. Che casualità! Úrsula López è la moglie del tipo che è stato sequestrato da Germán. E tutti i suoi dati sono nel fascicolo. Non ci posso credere. Sì, mi faccia il favore, ci dia un'occhiata e mi passi l'indirizzo della signora appena può. Già domattina? Sono sempre in debito con lei, la ringrazio molto, capo.

16

La scena che segue è decisamente triste: non c'è quasi nessuno nei sentieri del parco, solo umidità, pioggerella e fango, alberi caduchi quasi pelati, e lei, seduta su una panchina di pietra, che aspetta.

Non si vedono neppure quelli che portano a spasso i cani ed è probabile che rinuncino a farlo con questo tempo, perfino i guardaparco si sono rifugiati nel gabbiotto di cemento. Le auto che passano nelle strade laterali sembrano essere meno del solito, e il silenzio e la nebbiolina del mattino creano un'atmosfera spettrale.

A quest'ora Úrsula ormai sa che la donna che sta aspettando, l'altra Úrsula López, non uscirà a correre come tutti i giorni. Allora approfitta della solitudine intorno e comincia l'ultima parte della sua liturgia: apre la borsa rosa, tasta fino a trovare ciò che sta cercando, esita e si guarda a destra e sinistra, tira fuori l'astuccio, lo apre con cura, le sovvengono tanti ricordi, tocca la pelle, il metallo, lo accarezza. Guarda ancora da una parte e dall'altra prima di sollevare il binocolo del suo defunto padre, pace all'anima sua – papino, tu lo usavi la domenica per le corse di cavalli all'Ippodromo di Maroñas – e sorride. La voce di suo padre le arriva severa, le raccomanda prudenza: non lo lasciare, non te lo dimenticare, Úrsula, fai attenzione a non farlo cadere, tu sei molto distratta con tutti questi oggetti di buona qualità, l'ho comprato in Germania, tecnologia ottica di prima qualità. Silenzio. Papà, non lo vedi che sono occupata? Quando ti deciderai ad andartene una volta per tutte? Sei morto, morto e sepolto. Scuote la testa, nega, nega qualcosa. Poi mette a fuoco il marciapiede di fronte, l'edificio di mattoni, una costruzione quasi lussuosa, piena di specchi e metalli lucidati e un portiere in uniforme. Mette a fuoco il primo piano, regola la rotellina della distanza, sistema l'immagine e aspetta. Ogni tanto si guarda intorno, controlla dappertutto, in lontananza.

Nessuno.

Malgrado sia ancora mattina presto, nell'appartamento di fronte c'è una stanza con la luce accesa: è quella all'estrema sinistra. Da ciò che ha visto deve essere la cucina. È un bagliore solitario tra tutte le finestre, ha le tende aperte e il vapore comincia ad appannare i vetri; qualcuno sta preparando il pranzo o fa bollire l'acqua, non lo sappiamo. Úrsula avvicina ancora un po' l'immagine e riesce a vedere delle piastrelle decorate con disegni azzurri che sembrano frutti, forse coordinati con i motivi delle tende, e sicuramente con i piatti e le tovaglie, sempre lo stesso disegno che si ripete, immagina lei, perfino sulla teiera e sui portatovaglioli. Vede o immagina i dettagli e arriva a sentirsi parte di quella cucina nuova, pulita, comoda, lucida; si immagina padrona di quell'ambiente, di tutto quell'appartamento quasi da ricchi, con coperte appena comprate sui letti. Immagina se stessa aprire quelle tende, lasciar entrare il sole quando c'è, poi si vede con un tegame in mano, o mescolando qualcosa in una pentola, oppure riordinare le tazze con i disegni di frutta o ancora camminare dal lavandino al frigorifero che sforna cubetti di ghiaccio.

Ha un sussulto quando la vede spuntare, quando vede

la testa dell'altra Úrsula stagliarsi contro la luce di una finestra: una faccia liscia e serena, i capelli castani quasi biondi già raccolti per correre. Uscirà con questo tempo? Da quanto è lì? La donna apre un po' di più la tenda e guarda fuori, verso la strada, il parco; guarda anche verso di lei? Úrsula ha il battito accelerato. La mette a fuoco meglio, la guarda e trattiene il respiro, si dimentica del contorno, rimane quieta, evita anche il minimo movimento. No, non può essere che stia guardando lei, è molto difficile che veda chiaramente a quella distanza e in un giorno di nebbiolina, eppure ha la sensazione di essere stata scoperta, la sgradevole certezza che la donna, l'altra Úrsula López, la sua omonima, l'abbia sorpresa mentre la spia, e che adesso può essere in pericolo.

Toglie il binocolo e lo nasconde frettolosamente nella borsa. Aspetta qualche secondo, immaginando una chiamata alla polizia, una denuncia, un'accusa per avere ficcato il naso, per avere spiato... Sarà un reato spiare la gente? Se l'è chiesto molte altre volte, molte, in realtà, ma non conosce la risposta. Dovrà verificarlo. E anche se non fosse un reato sarebbe comunque infamante essere colta in questa situazione. Si sente goffa. Papà le direbbe che non ha saputo fare le cose per bene. Ci sono malati mentali che spiano la gente per puro e semplice piacere; ha sentito parlare molte volte di quell'abitudine ripugnante che si chiama voyeurismo, e la inquieta pensare che potrebbero accusarla di una cosa del genere.

Sente una sirena, trema, batte i denti, la temperatura sta scendendo.

Il viso della donna è ancora lì e i suoi occhi forse sono puntati sul parco, sulla panchina, su quella strana figura che la sorveglia in una fredda e uggiosa giornata. Úrsula volta la testa e guarda il gabbiotto delle guardie, scorgendo solo la porta chiusa e la luce accesa all'interno. La donna sparisce dalla finestra, chiude la tenda e la luce si spegne. Úrsula, senza sapere bene perché, senza alcun motivo, si cala sugli occhi la visiera e si copre la faccia con la mano. Aspetta, il tremore si accentua.

Passa il tempo, scorrono i minuti e nulla succede, le sirene si allontanano, non ci sono altri movimenti. La donna che porta il suo nome sicuramente osservava il giorno, il clima, e forse valutava l'opportunità di coprirsi un po' di più, indossare un impermeabile o addirittura portare un ombrello per uscire di casa. Nient'altro che questo. Pensando a questo, Úrsula si sente come se avesse appena ricevuto un indulto.

Pochi minuti dopo si accende una luce, questa volta nel soggiorno. Vede la donna sedersi, appoggiare sul tavolo qualcosa che tiene in mano, sicuramente una tazza di tè o di caffè, poi prendere una rivista o un libro, sfogliare le pagine. Non resiste alla tentazione e ritira fuori il binocolo. Il caffè o il tè fuma sulla superficie che immagina di vetro. Úrsula respira confortata, ma le sue dita tremano ancora. Mette a fuoco: quadri sulla parete in fondo, gli scaffali di una libreria, addobbi, lampade, la casa di una donna quasi ricca che adesso vive sola perché il marito l'ha lasciata per un'altra ma ancora la mantiene, non le fa perdere il suo status, la sua condizione sociale ed economica incluso l'appartamento con portiere e personale di servizio, anche se non è più la casa di Carrasco con giardino e piscina. La vede portarsi la bevanda alla bocca e pulirsi le labbra con un tovagliolo piegato grigio o verde grigiastro.

Fai attenzione al binocolo, dice papà, poco fa ti tremavano le mani e ti può cadere, rompersi, rovinarsi, tremi di rabbia e di invidia spiando quella donna, la moglie di Santiago, l'uomo che era stato sequestrato da quel delinquente, il tuo amico Germán. Stai zitto, papà, le mani mi tremano perché fa freddo, e smettila di rompere perché tu sei morto. La donna che avrebbe dovuto pagarti il riscatto, Úrsula, quei soldi con cui pensavi di dimagrire e andare a vivere in una casa di lusso, alla fine ti ha ingannato. Sai perché? Ti ho detto di stare zitto, hai capito? Perché il crimine non paga, figlia mia. Non deve ascoltare più suo padre, non deve ascoltarlo, continua a guardare ma ormai senza vedere, tremando di rabbia, gli occhi incollati al binocolo e la mente lontanissima da quella finestra.

Le luci dell'appartamento si sono spente ma non sa quando, non se n'è accorta, non si vede più movimento e immagina che tra qualche istante la donna uscirà in strada per la sua passeggiata nel parco, la sua corsa sul vialetto. Abbassa il binocolo, lo ripone nell'astuccio, rapidamente mette via tutto nella borsa di pelle rosa. Si guarda intorno.

C'è un tipo fermo lì, a una ventina di metri, un uomo che un momento fa non c'era, oppure era già lì e non l'aveva visto arrivare? Non vede bene la sua faccia, non ne distingue i tratti. Tenta di capire se è lì già da un po', se ha potuto vederla mentre usava il binocolo, se si sarà reso conto che spiava qualcosa o qualcuno. Certo, considerando dove si trova potrebbe averla tranquillamente vista.

Eppure l'uomo non sembra affatto interessato a nulla che non sia l'edificio di fronte, perché sta guardando in quella direzione, concentrato. Anche Úrsula si concentra e studia quella faccia, aspetta che si muova, che si giri di profilo per vederlo meglio, da un altro angolo. Un momentaneo chiarore la aiuta a vedere un naso, una bocca, un mento che le ricordano qualcuno, e con una certa agitazione comincia a riconoscerlo. L'uomo si muove, tira fuori una sigaretta, tenta di accenderla ma il vento glielo impedisce, si gira cercando un angolo più protetto e lascia scoperto l'altro suo profilo. Úrsula lo guarda e sente l'inquietudine di un ricordo che è lì e che affiora. Osserva, vigila, si alza in piedi e cammina fino a restare fuori dal campo visivo dell'uomo; lo vede di fianco e da dietro, ne studia il volto, i tratti, i capelli. Il tipo è attento, guarda avanti, fissa lo stesso edificio di mattoni, non si nasconde e neppure si muove, e in quel momento gira il bacino un paio di volte, una rotazione che, vista da lì, sembra provocante. Non solo pare non volersi nascondere, ma dà l'impressione di esporsi di proposito, di voler essere visto. Il ricordo arriva così lucido che la fa sobbalzare, e in un istante ricorda tutto, si sente sollevata e le viene perfino voglia di ridere: è Ricardo, il tale a cui hanno attribuito l'omicidio di sua zia Irene.

Cosa ci fa lì? Perché è uscito dal carcere? Il caso dell'omicidio si era chiuso con la condanna di Ricardo. Non si ricordava qual era stata la pena, ma doveva stare dentro per molti anni. Cosa ci fa nel parco quell'uomo, che è stato condannato per avere ucciso sua zia Irene? Úrsula si chiede, con un certo nervosismo, se Ricardo sia riuscito a dimostrare la sua innocenza.

Sa che lui non la conosce, è sicura che non l'abbia mai vista in faccia, eppure quell'uomo le procura inquietudine, o forse è solo la sua coscienza sporca. Sente che deve andarsene da lì il più rapidamente possibile. Gira intorno a un palo e si dirige verso un cespuglio di arbusti, si nasconde dietro i rami e aspetta. Noi lo sappiamo benissimo: nessuno come lei sa spiare senza essere visto.

La donna del primo piano esce dall'edificio e scende i gradini due alla volta. Úrsula, dal suo nascondiglio, vede l'altra Úrsula che attraversa la strada in direzione del parco, prende il sentiero interno e comincia a fare riscaldamento contro un albero: movimenti delle braccia, allungamento dei muscoli delle gambe. Questa volta ha aggiunto un giubbotto gonfio di piume d'oca alla roba che indossa di solito. Ricardo se ne sta immobile di fianco al tronco di un'acacia centenaria. L'ha vista attraversare la strada, la segue con lo sguardo e non c'è dubbio che la stia guardando sfacciatamente: non gli interessa passare inosservato e non fa nulla per non essere visto. La donna non pare notare la sua presenza fino a quando lui si avvicina e scambiano qualche parola. Sembrerebbe una conversazione banale, forse un commento sul tempo o magari le ha chiesto che ore sono. Lei conclude i suoi allungamenti senza fretta e riparte con un trotto morbido, a una velocità da riscaldamento. Il tipo la osserva allontanarsi, la segue con lo sguardo e cammina dietro di lei, a una ventina di metri, non di più. Ogni tanto si ferma e guarda.

Úrsula aspetta. Solleva la borsa rosa che ha appoggiato a terra e stacca un volantino pubblicitario rimasto incollato a causa dell'umidità.

GRANDE CONCERTO DELLA FILARMONICA DI SAN FRANCISCO,
PARCO VILLA BIARRITZ.
INGRESSO LIBERO.

17

Germán compra dei vestiti nuovi in un negozio del centro, il primo che incrocia scendendo, vicino alla fermata dove lo aveva lasciato l'autobus che aveva preso davanti al carcere: un paio di pantaloni pesanti, due camicie a quadri e una giacca di lana, un paio di scarpe di buona qualità, e quando esce gli resta ancora un po' del denaro che gli ha anticipato Ricardo. Non gli interessa che sia poco. A Germán non interessa niente se non arrivare da qualche parte, farsi un bagno, tornare a essere qualcuno. Ricominciare.

Fuori l'aria è umida, la nebbia gialla sbuca dalle grate dei tombini e si avviluppa ai lampioni dell'avenida 8 de Julio. Non è un pomeriggio e neppure un luogo per fare turismo, ma lui esce dal negozio e cammina, sono appena tre isolati da lì fino a plaza Independencia. Esce dal negozio, dicevamo, tira su il colletto della giacca e inizia un itinerario fatto di bar sgangherati e negozi tristi, di locali chiusi e cartelli di vendita, sale massaggi o locali di cucina coreana e, avanzando tra la gente che esce dal lavoro, si avvicina al Palacio Salvo. Va veloce, le borse non gli pesano: quella dei vestiti nuovi non è molto grande, e quella che ha portato dal carcere non contiene quasi nulla perché, ovviamente, quando lo avevano arrestato nel nascondiglio dove tenevano Santiago lo avevano portato via con quello che aveva addosso.

Cammina come un cieco, gli occhi rivolti in dentro, fissi sui pensieri, e quasi travolge una vecchia mendicante che lo insulta. Germán vede la sua bocca senza denti, le unghie sudicie, mormora una frase di scuse e si allontana più in fretta che può. Lo inquieta il modo in cui cambia l'ambiente a quell'ora della sera: più squallido a ogni passo, a ogni metro.

Vede l'insegna del ristorante cinese all'angolo – ha ancora le luci fulminate e forse resteranno così fino alla fine dei tempi –, le puttane e i travestiti sono ai loro posti, gli *okupas* dell'edificio abbandonato appendono i loro stracci come bandiere. Attraversa calle Andes, si infila nel passaggio che conduce alla Pasiva, alla porta d'ingresso dell'edificio con bronzi opachi e vetri sporchi. Passa davanti al responsabile che non conosce o non ricorda, si guarda intorno: c'è un uomo con un tavolino pieno di orologi, c'è una vecchia che conta le monete, nessuno lo saluta e lui cammina fino agli ascensori dell'edificio imbastardito da plastiche e rivestimenti porcellanati. Attende, entra, preme il pulsante con il numero 8, e la cabina inizia il viaggio, cigolando nel superare ogni piano; come sempre, come se questo mese in cui è stato in galera non fosse passato. Invece è passato, e lui lo ha passato in prigione, che non è il posto migliore per trascorrere un mese o anche solo un giorno. Ma crediamo che di questo Germán non vorrà parlare, mai.

Si ferma all'ottavo piano; sente l'eco dei suoi passi nel silenzio del corridoio, cammina nella penombra mortuaria, sente raffiche gelide e cangianti, a stento vede le pareti scrostate alla luce delle lampadine, la successione di porte chiuse, enigmatiche porte che possono nascondere appartamenti decrepiti, stanze tenebrose. Meglio non pensare a ciò che nascondono quelle vite dietro le porte.

Arriva davanti al suo appartamento.

L'incuria che logora il palazzo continua e si prolunga all'interno.

Le stanze sono grandi, disuguali, mal distribuite e circondate da corridoi impossibili. Nessuno più costruisce in quel modo, oggi.

Germán invece entra e sospira: è tornato a casa, a quella che può chiamare la sua casa. Appoggia le borse, fa un paio di giri, controlla, e vede che tutto è come lo aveva lasciato. Non sembra che la polizia abbia frugato troppo e nemmeno ha messo la casa sottosopra per cercare connessioni con un sequestro che, dopotutto, lui ha confessato fin dal primo momento. Controlla la scrivania: le carte sono in ordine com'erano prima che uscisse per l'ultima volta, la sera in cui si era travestito da poliziotto per fermare Santiago e trasportarlo, privo di sensi, nel nascondiglio fuori città che avevano preparato. Aveva temuto il peggio – Germán teme sempre il peggio, lo sappiamo – ed era stato attento a non lasciare tracce. Le informazioni su Santiago, i suoi orari, i suoi spostamenti, tutti i dati che gli aveva passato quel figlio di puttana di Sergio, tutto quel materiale che adesso sa essere falso e inutile era andato a finire nella spazzatura diversi giorni prima della data stabilita per il sequestro. Aveva lasciato solo alcuni numeri di telefono annotati in codice, numeri mischiati alla lista della spesa come se fossero prezzi e che, ovviamente, sono ancora lì attaccati al frigorifero con una calamita. Un trucco infantile e idiota, ma non era stato difficile immaginare che la polizia uruguaiana non avrebbe inviato a Quantico, negli Stati Uniti, la lista della spesa di un tale Germán, sequestratore fallito.

Va in bagno, davanti all'unico specchio della casa; si guarda, vede la barba lunga, le rughe della fronte, le occhiaie come una maschera intorno agli occhi, e scuote la testa, negando qualcosa che non possiamo sapere cos'è. Guarda la giacca troppo larga di spalle, la camicia sgonfia sul petto, i pantaloni pieni di pieghe e arricciati intorno alla vita, le scarpe consumate. Sono gli stessi abiti che indossava a Punta Yeguas, dove teneva prigioniero Santiago, gli stessi che aveva usato giorno dopo giorno in quella casa mentre aspettava inutilmente Sergio, quelli che indossava nell'ultimo incontro con Úrsula, la moglie del sequestrato, gli stessi abiti con cui si era inspiegabilmente addormentato nel nascondiglio – circostanza della quale Santiago aveva approfittato per chiamare la polizia, pensa con amarezza –, gli stessi con cui si era svegliato quando gli agenti erano già arrivati e avevano circondato la casa.

Si tocca il pomo d'Adamo, passa il dito sulle guance scavate. Alla fine comincia a spogliarsi, si toglie lentamente la giacca che scivola sul pavimento come uno straccio senza vita, poi sbottona la camicia, prima delicatamente i bottoni in alto, poi con più forza, quasi strappando quelli più in basso, e la getta via facendola cadere tra il water e il bidè. Un istante dopo i pantaloni colpiscono la parete della doccia e atterrano, con le gambe separate, contro l'angolo in fondo. Si strappa di dosso la biancheria, rimane nudo.

S'infila sotto la doccia, si lava, sfrega con forza, con furia ogni angolo di pelle, indugia. Lascia passare il tempo fino a che l'acqua diventa insopportabilmente fredda. Esce e si asciuga con cura, amorevolmente. Poi tira fuori i vestiti nuovi dalla borsa, li indossa e si sistema prima di alzare lo sguardo: alliscia le pieghe, corregge le cadute, raddrizza e stira la stoffa con le dita. Si guarda. E allora mostra i denti in un terzo di sorriso, il suo primo sorriso dopo molto tempo.

Va dal bagno al corridoio con addosso gli abiti nuovi, quelli che userà per iniziare una nuova vita, quelli che ha comprato per essere un uomo nuovo e dimenticare i fallimenti. Esce, ma già di fronte alla porta si domanda se non si stia giocando troppo, se quello che sta per fare per poter ricominciare varrà la pena. Germán, lo sappiamo, si fa troppe domande. E si risponde che sì, vale la pena, e prova un sollievo tiepido e meschino, una quiete che si andrà dissolvendo durante la notte, e della quale al mattino non resterà traccia.

18

Salve, molto piacere, sono la commissaria Leonilda Lima. Ieri lei ha presentato una denuncia alla decima sezione, dice di essere oggetto di una presunta sorveglianza o un pedinamento. Ci sembra importante darle seguito, per questo l'abbiamo convocata, per ampliare e approfondire alcuni punti che non ci sono chiari. Si metta a sedere. Prego. Ho ricevuto la notifica del suo caso perché potrebbe essere collegato con un altro sul quale sto già indagando. No, mi dispiace, non posso darle nessuna indicazione riguardo all'altra inchiesta. Voglio solo farle alcune domande, cominciando dalle sue generalità: nome, indirizzo, numero di telefono e documento di identità. Un attimo che prendo nota. Adesso le chiedo di confermare la sua dichiarazione sui fatti in modo puntuale, cerchiamo di precisarne la portata. Quale sarebbe la sua denuncia, esattamente? La starebbero spiando, la seguono per strada? Bene. Dice di avere notato negli ultimi giorni due persone, un uomo e una donna. Mi dia tempo per prendere appunti. Dunque, entrambi guardavano verso casa sua. Dove erano situate queste due persone? Cerchi di essere precisa. Nel parco, di fronte. Mi scusi se le faccio questa domanda, ma non potrebbe essere che, semplicemente, fossero lì a godersi qualche momento all'aria aperta? Non crede possano essere persone che erano uscite a fare due passi? No, non lo crede. La guardano, non fanno altro che guardare verso casa sua. Ha visto perfino la donna con un binocolo. Capisco. E conosce queste due persone? L'uomo, no. La donna invece le sembra una faccia conosciuta, ma non riesce a ricordare dove l'ha vista. È proprio sicura che stiano controllando lei? Non è possibile che stiano controllando un'altra persona, o un'altra casa, o semplicemente che guardino solo da quella parte? Lei crede di no, e dice che in qualche occasione l'hanno perfino seguita, uno di loro o tutti e due. Tutti e due sono stati lì in questi giorni? Ah, li ha visti quasi quotidianamente; la donna l'ha scoperta da un paio di settimane, l'uomo è comparso solo da pochi giorni. Li ha visti arrivare insieme? No, non arrivano insieme, e nemmeno alla stessa ora. Li ha visti tutti e due allo stesso tempo, ma non agiscono come se stessero insieme. Come dice? Li ha visti, proprio ieri, lei era seduta su una panchina, lui a venti o trenta metri, in piedi vicino a un albero. Nessun contatto tra loro? Nessun contatto. E che atteggiamento hanno? Crede che tentino di nascondersi? La donna forse sì, non lo sa, non le è chiaro. A volte sembra voler passare inosservata e altre volte tira fuori il binocolo quasi sfacciatamente. L'uomo no, decisamente non si nasconde: si ferma in un posto visibile, si fa vedere senza problemi e la guarda passare, la guarda con insistenza, una volta le ha perfino chiesto l'ora. Tenta di spaventarla, forse? Non lo sa, certo. Quindi, secondo lei, la frequenza con cui li ha visti è quotidiana, più o meno. Li vede dalla finestra del suo appartamento, se ho capito bene. Poi lei esce a correre e li trova lì. Le hanno rivolto la parola? Sì, sì, me lo ha detto che una volta l'uomo le ha chiesto l'ora. Lo ha trovato minaccioso, intimidatorio, ha notato qualcosa di strano? Sì, lo ha trovato minaccioso, anche se le ha soltanto chiesto l'ora l'ha guardata in un modo strano, al punto che lei si è subito allontanata e ha continuato la sua routine, prima il riscaldamento e poi la corsa, ma aveva perfino pensato di scappare. Solo questo? Nessun altro avvicinamento? Nel rapporto della sezione ci sono alcune foto che ho esaminato. Le ha scattate lei, lo so, dalla sua finestra. Possono essere molto importanti, certo. Adesso le guardiamo di nuovo, le aggiungo al fascicolo. Quelle dell'uomo sono abbastanza nitide, si vede bene la faccia. L'unica immagine che ha catturato della donna è più sfocata, a stento si distinguono i tratti; oltre ad avere gli occhiali scuri sembra che si copra il volto con la visiera e con la mano per non essere riconosciuta. Guardi qua, al suo fianco, per terra: sembra una borsa grande, è di colore rosa. Una domanda: come ha fatto a scattare le foto senza che loro se ne accorgessero? Perché immagino che sia stata attenta a non farsi vedere. Certo, ha chiuso le tende, ha spento la luce, e *clic clic clic,* senza flash. Può aggiungere qualche altra descrizione di queste persone? Un uomo alto, un tipo sfacciato, una felpa con il cappuccio che gli arrivava quasi alle ginocchia, pantaloni larghi, scarpe di grosse dimensioni. E il berretto di quella marca, sì, capisco lo stile. Capelli castano scuro, niente segni particolari? Ah, quando vi siete parlati aveva le maniche della felpa rimboccate e ha notato che aveva dei tatuaggi sulle braccia. E la donna? Alta, un po' pienotta, capelli castani tendenti al biondo. Qualche particolarità? Una bella donna, dice? Be', questo è soggettivo. Ha qualcos'altro da aggiungere? No, signora, non posso fornirle dati dell'altro caso sul quale sto indagando e che potrebbe essere in qualche modo collegato. Come le ho accennato, posso solo dirle che, in base alle foto che lei ci ha fornito, l'identità dell'uomo dovrebbe coincidere con quella di un ricercato del quale stiamo seguendo le tracce. Ma non posso dirle altro, il fascicolo è segretato. Vuole sapere cosa deve fare? Non è facile darle un consiglio, nessuno l'ha minacciata, non l'hanno derubata, non ha subito danni. Oltretutto lei non sa dirci perché la starebbero controllando. Mi chiedo se non potrebbero essere dei detective privati ingaggiati da qualcuno per tenerla d'occhio. Certo, non lo ritiene possibile, e l'uomo, più che un detective privato, sembra un tipo pericoloso, deliberatamente minaccioso. Capisco, come se volesse intimorirla, è così? Certo, può chiamarmi se dovesse vedere di nuovo queste persone, ma le dico subito che sarà molto difficile poterle arrestare o portarle in questura se si limitano a stare ferme in un parco e guardare verso casa sua, anche se usano un binocolo. Potranno sempre dire che stanno guardando il cielo, o qualche uccello. La sorprenderebbero gli strani hobby che hanno certe persone. Oltretutto nel nostro paese c'è un vuoto legislativo riguardo a questo tipo di pedinamento o presunta sorveglianza e, pur pensando che si possa configurare il reato di violazione della privacy, credo che nel suo caso sarebbe difficile da provare. Sarebbe diverso se lei fosse in grado di dimostrare che spiano la sua corrispondenza o l'hard disk del suo computer, allora si potrebbe parlare di reato. No, non credo di poterla mettere sotto protezione per il semplice sospetto che qualcuno la stia sorvegliando, signora. Come le ho detto, se avesse ricevuto una telefonata, una lettera o magari una email di minacce... ma non è successo niente di tutto questo, no? Posso solo suggerirle di chiamarmi se vede qualcosa di strano. Questo è il mio numero. Arrivederci, signora.

Leonilda chiude la porta, torna alla sua scrivania e guarda di nuovo le foto.

Non c'è il minimo dubbio che quel tipo sia Ricardo, detto il Lercio, l'uomo che stava scontando la pena per l'omicidio di Irene Salgado, che è fuggito dal tribunale penale dove avrebbe dovuto essere ascoltato e che, come indicano tutte le piste della sua indagine, è anche l'assassino del Pasticca.

Ma chi è la donna dell'altra foto? Annota: borsa di colore rosa, grande.

19

Si rifiuta di uscire dal sonno, di abbandonare la morbidezza del letto, di lasciare la bruma, il letargo, il torpore; non vuole, fa resistenza, ma la rabbia picchia duro, il rumore dell'ira trapana il suo cranio, perfora, esplode, merda, apre gli occhi, con furia apre gli occhi, cazzo, anche le orecchie apre, e sente forte il casino, il penetrante picchiettio stridente, l'odio insistente persistente latente nella sua testa.

Si sveglia. Digrigna i denti. Stringe i pugni.

Non rimanderà ancora, oggi dovrà farlo.

Si alza e inizia il rituale della morte.

Quel giorno il parco è pieno di gente che viene ad ascoltare la Filarmonica di San Francisco, gente in ogni metro quadrato, nei sentieri, sull'erba, nelle strade che le autorità hanno chiuso al traffico già da qualche ora per consentire la circolazione dei pedoni, che affluiscono ad ascoltare il concerto.

La donna del primo piano esce dall'edificio di mattoni e bronzi lucidati, saluta il portiere, attraversa la strada con il suo passo elastico, atletico. Ma oggi non è in tenuta sportiva, non va a correre. Indossa un cappotto rosso chiuso fino al collo.

La vede avanzare; sta dietro l'albero da parecchie ore, e

adesso si mette gli occhiali scuri, abbandona la zona d'ombra e s'incammina dietro al cappotto rosso. Passa tra persone frettolose senza perderlo di vista, si immerge nella marea umana. Tenta di guadagnare qualche metro, di avvicinarsi alla schiena rossa. Risulta sempre più difficile muoversi, trovare uno spazio dove avanzare.

La folla converge nel luogo della festa, davanti al palco centrale dove stanno già facendo le prove del suono, una massa umana sottoposta a una forza centripeta che scorre lenta e nella stessa direzione. Vuole accelerare ma non ci riesce, un passo dopo l'altro, un piede alla volta. Con il freddo che fa nessuno aveva previsto questa quantità di gente, questo entusiasmo per la musica classica alla fine dell'autunno con temperature già da pieno inverno, e sono stati inviati solo pochi rinforzi ai controlli rispetto ai normali controlli di polizia.

I suoi piedi quasi non si muovono, e adesso ha il viso incollato a una nuca anonima. Ancora un passo, così lento da far spazientire. Il cappotto rosso, non può perdere di vista il cappotto rosso. Palpa, stringe l'arma, sente il metallo aderire alle dita. Il freddo acciaio sul palmo che apre e chiude in continuazione. Malgrado il momento, sorride, in un mondo sconvolto da guerre, omicidi seriali, massacri, terremoti, genocidi, dare la morte a un solo essere umano ha qualcosa di artigianale, che non attenua il crimine, no, ma gli toglie squallore.

Guarda l'uomo alto che ha davanti, guarda la sua schiena, in realtà due o tre teste più in là c'è il cappotto rosso di Úrsula López, ma non è facile restare vicino: la fiumana di gente ha una sua logica capricciosa difficile da prevedere e da sconfiggere. Spinge con gomiti e fianchi e spalle, si sforza di avanzare tra la gente verso il palco sul quale sono già saliti i musicisti per provare i loro strumenti.

Gli altoparlanti sputano suoni acuti che fanno accapponare la pelle, e gravi che martellano il cranio.

(Uno, due, tre. Uno. Uno, due, tre, prova.)

Più di una volta perde l'equilibrio, ma il suo corpo è incastrato tra altri corpi. Forse, anche barcollando, pensa che non cadrebbe subito, il corpo resterebbe sospeso per qualche istante, sorretto dalla folla. Quanto può tardare a cadere un corpo in mezzo a questa massa?

Tiene la mano in tasca, impugna il revolver col silenziatore, ha il dito sul grilletto e un impulso di premerlo difficile da controllare. Stringe i denti, resiste alla tentazione, continua.

(Accordi gravi, suona la scala di un violoncello.)

Avanza ancora un passo e poi un altro, la marea umana rallenta fino a fermarsi; la schiena di Úrsula adesso è lì, vicinissima, più o meno a un metro, tra loro ci sono due o tre persone. Il dettaglio del fermaglio scuro tra i suoi capelli chiari, la consistenza della lana della sua sciarpa, può quasi sentire il suo odore, può quasi annusare la fragranza di legno e agrumi, forse mandarino o bergamotto, l'aroma è ancora tenue. Se allungasse la mano potrebbe toccarle il viso, la cute, accarezzare il lobo dell'orecchio, l'orecchino di brillanti.

Approfitta di uno spazio vuoto, una donna si ferma, un'altra se ne va. Fa forza e avanza, un paio di movimenti rapidi e si ritrova proprio dietro di lei, a pochi centimetri, le sfiora la spalla con il petto, la sua mano sinistra apre il cappotto in modo che spunti la canna. Gli spintoni rendono difficile mantenere l'equilibrio del corpo, del braccio e dell'arma, ma sa che deve farlo adesso. La guarda per l'ultima volta, guarda i capelli castani quasi biondi tenuti da un fermaglio che adesso scopre rivestito di stoffa azzurra, la sciarpa rossa sul colletto del cappotto con il bavero alzato, gli orecchini di brillanti. Calcola, si prende il suo tempo, mira un punto al centro del rosso, e spara.

(Esplode il suono dei piatti, ci sono grida, botti, applausi.)

Lo sparo risuona secco, come avvolto in uno straccio, un rumore incongruente e perso tra altri suoni che escono dall'altoparlante. La massa di persone si sposta ancora un po', si rimescola, si agita. La testa di Úrsula avanza e retrocede, il cappotto rosso sembra vacillare un istante prima di cominciare a crollare, il corpo della donna scivola a terra tra la gente e cade lentamente, tarda a cadere, si affloscia senza rumore, al rallentatore, sull'erba.

La folla spinge, urla. Una voce ordina: «Indietro, indietro. Una persona è svenuta».

Obbedisce, retrocede, si allontana, fa in tempo a vedere una scarpa da donna di pelle rossa, di marca costosa e in una posizione impossibile.

Una persona svenuta, chiamate un medico.

Non è svenuta, è morta.

Alcuni gridano, altri corrono, altri ancora hanno tirato fuori il cellulare e chiamano la polizia o l'ambulanza o qualcuno dei numeri gratuiti per le emergenze. Sembrano spinti da una forza che va verso la donna distesa a terra e da un'altra forza uguale e contraria che li fa allontanare. Guarda intorno e si lascia trascinare verso il perimetro esterno del parco, vuole raggiungere la strada laterale dove sono rimasti soltanto pochi pedoni. Si trova davanti una coppia giovane che tiene stretto un bambino; i due si fanno spazio, gridano chissà cosa, forse chiedono aiuto per Úrsula López che ormai non riescono più a vedere.

Si stacca dalla folla, cammina lentamente. A cento metri dal cadavere la vita continua come sempre. Le voci e le grida si allontanano, coperte dal vento che arriva dalla Rambla. Imbocca una strada laterale. Sente un'allegria che mette voglia di saltare, di correre, cammina altri cento metri e sale su un autobus. Paga il biglietto e si siede in fondo.

(Suono di una sirena, ambulanza o pompieri o polizia.)

Si appoggia allo schienale del sedile, sorride, mette una mano sulla tasca dove c'è l'arma. Sorride.

20

L'oroscopo del mattino che annunciava una settimana negativa per il Capricorno – problemi sentimentali e lavorativi – l'aveva messa di cattivo umore. L'uomo che analizzava la posizione degli astri nel cosmo in televisione era stato chiaro nelle sue predizioni: aveva indicato il pianeta Saturno – che aveva un pessimo aspetto già da tempo – e aveva spiegato il perché della sua nefasta influenza sul suo segno. Preoccupata, aveva spento il televisore, la mente rivolta a una predestinazione difficile da schivare.

È la sua domenica libera e ha tutte le ore a disposizione per dedicarsi a ciò che preferisce. Eppure, la commissaria Leonilda Lima non vuole fare niente di speciale. Anzi, non sa cosa inventarsi in questo che, più che un giorno di riposo, è un ponte lungo e noioso tra il suo lavoro e il suo lavoro. Diciamolo pure: una donna che aspetta solo la fine del suo giorno libero per tornare alla sua vita attiva è un enorme luogo comune della letteratura e della vita. Lei non lo sa ancora, ma non dovrà aspettare molto.

Ormai da un paio d'ore ha già pulito la casa, rifatto il letto, lucidato le tre piramidi, una di bronzo, una di acciaio e l'altra di rame. Con un lungo piumino ha spolverato i soffitti e ha spazzato fino all'ultima molecola di polvere che potesse impedire la circolazione del *chi*. Aspetta l'appuntamento di mezzogiorno per interrompere la noia, allora deciderà se mangiare uno yogurt, forse un'insalata, magari fare un sonnellino o camminare mezz'ora.

Accende di nuovo il televisore, guarda l'inizio di una telenovela che non riesce a capire di cosa parli. Cambia canale senza pensare e, senza prestare attenzione, gioca con i tasti del telecomando.

Sente il suono del suo cellulare. Corre a cercarlo e lo trova abbandonato sul cuscino. Guarda il numero con allegria: è il commissario ispettore Clemen.

«Ha sentito il notiziario, Leonilda?»

«Mi sono appena svegliata. Che ora è?» mente.

«Tardi. Quindi non ha nemmeno letto i giornali? No, ovviamente non li ha letti. Ieri pomeriggio, alle 18, hanno assassinato Úrsula López.»

«Come? L'hanno assassinata?»

«Alle 18, in punto.»

«Dove è avvenuto l'omicidio?»

«Quasi di fronte alla sua casa, nel parco.»

«Dio santo, è colpa mia, avrei dovuto metterla sotto protezione.»

«No, Leonilda. Lei ha chiesto il mio parere, ha fatto la cosa giusta. La donna non era stata minacciata.»

«Ma comunque...»

«Lo so, non è una cosa piacevole.»

«Perché non mi avete avvisato prima?»

«C'è stato un equivoco, e hanno affidato il caso a Leonardo Borda.»

«Un grosso errore. Lui era rimasto fuori, ispettore Clemen.»

«Lo ammetto, è stata colpa mia. Borda credeva di lavorare ancora su questo caso ed è intervenuto. Ma adesso non è il momento di lamentarsi, dobbiamo guardare avanti.»

Qualcosa non torna. Borda sapeva perfettamente che era lei a guidare le indagini. Ma non può certo manifestare la sua diffidenza al commissario senza avere prove, o almeno indizi più chiari riguardo al suo allontanamento dal caso. Ma da un po' di tempo stanno succedendo cose strane. Decide di lasciare questo argomento per dopo.

«Ci sono sospetti?»

«Ci sono sempre dei sospetti, e lei lo sa benissimo. Abbiamo una denuncia presentata ieri che può essere legata sia a questo caso sia all'indagine sull'omicidio del Pasticca sulla quale sta lavorando lei.»

«Denuncia per cosa?»

«In realtà è per violenza, maltrattamenti, minacce, ma credo che la vittima non sia disposta a portarla fino alle estreme conseguenze. Non ha accettato nemmeno di farsi refertare in ospedale.»

«Chi è la vittima? E l'aggressore?»

«La presunta vittima, Mirta Tellez, ha presentato una denuncia per aggressione piuttosto confusa. Oggi è tornata e ha detto il nome dell'aggressore: Ricardo Prieto, meglio noto come il Lercio. Le dice qualcosa, Leonilda?»

«Accidenti, com'è piccolo il mondo!»

«Sì, e ha fatto una dichiarazione un po' più minuziosa sull'accaduto; pare che il tipo sia entrato in casa sua, l'abbia minacciata e l'abbia interrogata sulle responsabilità che potrebbero avere avuto le nipoti di quella che era stata la sua vittima, un anno fa, ai tempi del processo e della sua successiva reclusione. E vuole sapere il nome di una di quelle donne, una di quelle nipoti? Úrsula López.»

«Quel caso è mio, ispettore.»

«Be', ammetto che in effetti è stata fatta confusione. Perciò adesso la sto chiamando, anche se è il suo giorno libero. Se accetta, da questo momento torna tutto nelle sue mani.»

«Certo, ispettore.» Leonilda sembra rinascere. Si sintonizza su un canale di notizie locali, cerca i quotidiani del giorno, prepara i vestiti per uscire. Mordicchia delle fette di cetriolo che aveva nel frigorifero, sfoglia qualche giornale cercando la notizia che le interessa, scorre le pagine di internet una per una e prende un paio di appunti. Due ombre attraversano i suoi pensieri: il profilo negativo del Capricorno per tutta questa settimana e l'insistenza di Clemen per restituirle il caso di Ricardo Prieto, che era già passato di mano tre volte da lei a Borda. Mangia lo yogurt, due vasetti. Finisce di vestirsi, si spruzza un po' di profumo naturale di pompelmo e cocco, sfiora l'immagine della Vergine *Sciogli-nodi,* le chiede protezione, ricorda che il Rogna non l'ha più chiamata, e scende in strada quasi di corsa.

21

Mezzogiorno passato nella Città Vecchia.

A volte, come oggi, esce a camminare e cambia più volte direzione per fare il tragitto più lungo, per posticipare il ritorno a casa. Passeggia sul selciato, fa finta di perdersi e poi ritrovare la via. A ogni angolo cerca loro, i morti, come se in quei pomeriggi si ritrovassero tutti, papà, mamma, zia Irene, in un punto di incontro al quale anche lei ha accesso.

Aspetta che sia l'ora, a volte passeggia a lungo e cerca nei luoghi di quegli anni, tenta di ricordare com'erano allora le persone, le loro case. Insegue i nomi di coloro che vivevano lì e si sforza di ricordare se qualche volta era entrata nelle loro abitazioni, com'erano i mobili, i cortili, le scale, le pareti, se risuonavano grida di bambini o se c'era solo il silenzio. Ma il suo sforzo produce soltanto ombre, fotografie virate seppia.

Oggi è una giornata soleggiata e lei cammina da quasi due ore tra gente estranea, cammina e respira monossido di carbonio, vede passare manager e turisti, quelli che frugano nell'immondizia e impiegati con il loro pranzo in mano, studenti e mendicanti. Úrsula guarda tutto e sorride con discrezione; loro non fanno parte del suo passato, non sono quelli che sta cercando. Distante e un po' infastidita cammina in mezzo a persone sconosciute, osserva tutti con curiosità, si comporta come un adulto deve comportarsi in un circo o in una piazza piena di giochi. Ha voglia di piangere, ma non di piangere da sola. Per questo cerca i morti.

Resta intrappolata tra una moltitudine di stranieri che scattano foto e che parlano in diverse lingue. Sul marciapiede c'è un chiosco che vende giornali e riviste, e lei non può evitare di fermarsi a guardare quegli esseri celestiali e patinati che ammiccano dalle copertine; non sono mai donne di seconda classe, di quelle che mangiano e ingrassano, è gente bella in due dimensioni, pelle liscia e lustra, gente senza passato, se non quel preciso istante in cui qualcuno l'ha fotografata, gente che non invecchierà mai.

Sta camminando da oltre due ore, ormai è tempo: sale i gradini di marmo consumato, attraversa il portone della cappella Maciel ed entra nell'ambiente crepuscolare, gelido e quieto. La penombra contrasta con la luce esterna. Cammina nell'aria stantia e luttuosa del tempio che forma un corridoio verso qualcosa di perverso e irreversibile. La navata centrale è vuota, appena rischiarata dalla luce delle vetrate laterali delle vecchie cappelle. Non c'è molta gente, solo alcune ombre vecchie e diffuse, inginocchiate, senza volto. L'odore d'incenso sembra provenire dalle tombe di pietra. Si levano le note di un organo, ma forse fanno parte di quel sogno dal quale non si risveglia mai del tutto. Un prete dice messa per cinque persone su un altare laterale.

E, come sempre, rivede lui, vede papà nel catafalco, una cassa appoggiata su una pedana foderata di raso, coperta di fiori, e sotto le rose, i garofani e i gelsomini, il cadavere, quel che resta di suo padre, la forma di suo padre, il contenitore, l'involucro, una pelle diventata cerulea, una bocca bluastra e serrata che non si sarebbe mai più aperta, dalla quale non sarebbero più uscite parole come colpi di pistola, mani che non avrebbero più chiuso a chiave la porta della sua stanza, mai. Mai più. Papà, mai più. Lo vede lì, nel suo feretro, vede sua sorella Luz in piedi al suo fianco, nel suo abito grigio scuro quasi nero, la stoffa pregiata, il taglio su misura, il viso da rivista patinata trasfigurato dal dolore, e vede se stessa entrare dalla navata principale, i propri passi uno dietro l'altro che risuonano in direzione dell'altare, l'eco dei suoi tacchi contro il pavimento di marmo del pavimento, verso un destino oscuro e irreversibile. Luz si era avvicinata, l'aveva abbracciata, l'aveva guardata, cercando un segnale nel suo viso.

«È stato tutto così rapido, Úrsula. Come è potuta accadere una cosa simile? A papà no...»

«Sì, ma i sonniferi...»

«Lui non è un suicida. Io lo so che non si sarebbe mai suicidato.»

«Non sapremo mai che cosa è successo realmente, Luz. Se è stato un incidente o un suicidio.»

«È difficile accettarlo.»

«La depressione non avvisa.»

«No. Non ci posso credere. Lui no.»

I dubbi di sua sorella l'avevano turbata, irritata, e aveva pensato di andarsene e lasciarla lì: salvarsi. Invece aveva scelto di restare e firmare la propria condanna. Aveva pensato che lo sguardo di sua sorella cercava qualcosa in lei e che poteva trovarlo. Aveva abbassato lo sguardo.

Era arrivato un sacerdote e aveva cominciato a prepararsi per il requiem. Úrsula vede se stessa, si vede da lontano nel tempo, vede quella donna che non sembra lei ma lo è, contempla lo strano, macabro rito della morte, come quella volta, arriva il pianto che lentamente le sale agli occhi, spinge ed esce, come quella volta sente il suo volto inondarsi di lacrime. Lacrime di coccodrillo, direbbe il morto, direbbe papà se potesse parlare. Ma Úrsula si era ripromessa di non farlo parlare.

Terminata l'orazione funebre, si era avviata verso l'uscita, sola, respirando l'aria salina che veniva dal porto, e aveva visto sua sorella Luz correre verso di lei, abbracciarla e piangere sulla sua spalla, stringerle la mano, cercare di nuovo i suoi occhi. In qualche momento si era offerta di accompagnarla a casa. Úrsula ricorda il suo rifiuto, la necessità di scacciare i pensieri, avrebbe fatto due passi per la Città Vecchia, e alla fine l'aveva vista salire su un'auto metallizzata, ultimo modello, e allontanarsi, sicuramente diretta alla sua casa di Carrasco. Quel giorno, anch'esso cominciato con il sole, aveva vagato per le stradine strette. Gli edifici scrostati sfilavano vicino a lei, le famiglie felici passavano tenendosi per mano, i manager che andavano di fretta, e lei aveva attraversato le piazze senza vederli, camminando tra gente senza volto fino a che era giunta la sera e avevo sentito l'ambiente freddo, muto, immobile.

Aveva sentito la voglia di tornare a casa, ma non alla sua casa, non in un luogo vuoto dove ormai non ci sarebbe stato mai più nessuno tranne lei. Cos'è la casa, allora? Il posto in cui si è nati? O è il luogo in cui non si può fare a meno di tornare malgrado l'aria al suo interno sia irrespirabile e non ci sia futuro? Forse è solo il posto in cui uno sa arrivare a memoria, anche se lo aspetta una realtà oscura e irreversibile, anche solo per naufragare in una solitudine grigia.

Aveva camminato, attraversato le strade, sentito cadere una pioggerella. Non c'era più gente, solo una città vecchia e silenziosa.

Da allora i giorni le si sono avventati addosso come cani rabbiosi, e Úrsula ormai da molti anni cammina, cammina sempre per la Città Vecchia.

22

La donna si toglie lentamente il cappotto che, come tutta la roba che indossa, sembra nuovo di zecca, lo appende allo schienale e si siede senza aspettare che Leonilda la inviti a farlo. Una volta sistemata di fronte alla commissaria, sembra interessarsi alle pareti, al quadro di Artigas, ai fiori di plastica e all'immaginetta di san Giuda Taddeo. Il percorso visuale dura poco, ci sono pochi oggetti in quell'ufficio. Allora lei guarda la commissaria e le chiede in cosa può aiutarla, con quel tono di voce da operatrice di impresa di servizi che non ha alcuna intenzione di dare una mano al suo cliente.

È una di quelle bellezze artificiose, con i capelli lunghissimi, il trucco, le sopracciglia disegnate: sembra uscita da una telenovela delle cinque del pomeriggio. Leonilda Lima la guarda, a volte si sente attratta da quel tipo di donne, pur sapendo che non dovrebbe, non sul lavoro. Deve concentrarsi, tenta di intavolare una conversazione con Mirta Tellez, cerca di farla sentire a suo agio. Le parla di argomenti banali e inserisce qua e là qualche domanda, ma fino a ora non è riuscita a fare in modo che la donna spiccichi più di quattro parole consecutive. Fino a ora ci sono stati soltanto dei "sì" e "no" o un altro monosillabo. Ma sappiamo che Leonilda insisterà.

«Allora, mi dica esattamente, che cosa le ha chiesto Ricardo Prieto?»

«L'ho già detto.»

«Lo ha detto alla persona che ha raccolto la sua denuncia, ora ci sono io a capo dell'indagine e voglio verificare tutti i punti. Ha capito, Mirta?»

Un silenzio, uno sguardo scontroso, occhi schivi.

«Mi ha chiesto una serie di cose. Per esempio dove vivevano e come si chiamavano le tizie che lo avevano fatto finire in galera. Le nipoti di Irene.»

«E lei che cosa gli ha detto?»

«I nomi. Úrsula e Luz López. Che altro potevo fare?»

«Mi colpisce questo dettaglio: la nipote della donna assassinata un anno fa si chiama Úrsula López, come la donna uccisa nel parco. Immagino che avrà sentito la notizia. Che coincidenza! Úrsula non è un nome molto comune. E lo stesso cognome.»

«Forse si tratta della stessa persona.»

«Già. Ma questo lo verificheremo.»

Mirta la guarda con occhi vuoti. Non fa commenti.

«Che altro?»

«Gli ho detto che non sapevo dove vivevano.»

«E poi, che altro?»

«Che altro cosa?»

«Lei cos'altro gli ha detto? Quali informazioni gli ha fornito?»

«Non so. Non gli ho detto nient'altro, non ho più saputo niente di loro da quando Irene è stata uccisa.»

«Lei ha lavorato per la vittima, per Irene Salgado, giusto?»

«Sì.»

La commissaria ingoia saliva, aria, frustrazione. Chiude gli occhi, parla a bassa voce.

«Guardi, Mirta, lei potrebbe essere testimone di un caso

di omicidio. Veda di collaborare, gliel'ho detto, il fatto è grave. Ci sono di mezzo due morti ammazzati.»

La donna guarda fuori dalla finestra, si gratta la guancia con un'unghia gigantesca e colorata. Si scosta i capelli dal viso e guarda Leonilda con gli occhi leggermente strabici. Le mostra una specie di sorriso sterilizzato. È bionda e il suo trucco si sta sciogliendo. Si stira la gonna verso il basso.

«Mirta, non faccia la furba con me.»

«È che non sono sicura...»

«Di cosa non è sicura?»

«Di voler dare seguito a questa denuncia. Ho paura di Ricardo. Lei non lo conosce, adesso è come una belva.»

Leonilda pensa all'altra donna che pochi giorni prima era stata seduta sulla stessa sedia e che adesso è morta. Si morde il labbro inferiore.

«Possiamo darle una protezione.»

«Ah, sì? E per quanto tempo? Per tutta la vita?»

«Ovviamente no.»

Mirta ride senza emettere suono e apre le braccia, i palmi delle mani verso l'alto.

«Così non mi serve.»

«E che cosa le serve?»

«Niente. Se lui viene a sapere che io ho parlato, aspetterà tutto il tempo che sarà necessario e ammazzerà anche me.»

Leonilda guarda quegli abiti firmati e si domanda come mai l'ex domestica di una signora assassinata spenda così tanto in vestiti. Ma non può chiederle come si guadagna da vivere, la spaventerebbe.

«Se non vuole sporgere denuncia, perché è venuta qui?»

La donna pensa, distoglie lo sguardo.

«Perché ho anche dentro una grande rabbia, voglio che paghi per quello che mi ha fatto e allo stesso tempo ho paura. Mi capisce? No, lei è una poliziotta, non può capire. Nessuno la riempie di botte, e tanto meno la minaccia di morte.»

«Mirta, devo dirle che non ha scelta. Ci sono stati un paio di delitti, ci sono indizi che ci portano a pensare che potrebbe essere stato Ricardo e lei è arrivata qui dicendo che lui le ha chiesto notizie di una donna che potrebbe essere quella che poi è stata assassinata. Dovrà testimoniare nel processo, che lo voglia o no.»

«Come l'hanno uccisa?»

«Una pallottola calibro .38 alla schiena sparata da due centimetri di distanza. La ferita è stata mortale.»

«Proprio come Irene, a bruciapelo e con una .38. Dove l'hanno ammazzata?»

«Durante un concerto nel parco Villa Biarritz, in mezzo a molto rumore e molta gente.»

Riflette.

«Guardi, io non sono un'infame, e nemmeno una spia.»

«Lui l'ha picchiata, l'ha minacciata.»

«E mi ha violentata.»

«Questo non lo aveva detto. Vuole ampliare la denuncia?»

Mirta porta la testa all'indietro, come chi all'improvviso si rende conto di avere dimenticato qualcosa di importante, un gesto teatrale quanto inutile per Leonilda. Poi si schiarisce la voce un paio di volte, in quello che può essere il preludio della frase che sta per pronunciare.

«Vale la pena?»

Leonilda non sa cos'altro dire. Un fastidio tenue, molto tenue, un'ombra di inquietudine si era appena insediata nella zona del suo diaframma. Come in un riflesso automatico tocca la boccetta di antiacido che tiene sulla scrivania.

«È difficile da provare. Sono passati giorni. Avrebbe dovuto dirlo prima.»

«Allora...»

«Adesso però mi dica per bene quali domande le ha fatto Ricardo Prieto.»

«Mi ha chiesto chi aveva ereditato i soldi della vecchia.»

«Di Irene?»

«Sì, la mia padrona, la vecchia che lui ha assassinato. Cioè, non lo so se è stato lui.»

«Perché voleva saperlo?»

«Per cercare il colpevole del delitto che avevano attribuito a lui. Così mi ha detto.»

«Vuol farmi credere che forse non è lui il colpevole?»

«È lei la poliziotta. Dovrebbe saperlo lei, non io.»

«E chi ha ereditato i soldi della donna assassinata?»

«Le nipoti.»

«Úrsula López?»

«E la sorella Luz.»

«Lei gli ha dato l'indirizzo delle sorelle?»

«No. Le ripeto che non lo so. Gli ho detto di cercare sull'elenco telefonico.»

«Ricorda qualcos'altro? Le ha detto da dove veniva? Che progetti aveva?»

«No.»

Leonilda sente il rumore della saliva che ingoia.

«Le ricordo che tra pochi giorni riceverà una citazione in giudizio per essere ascoltata sul caso in questione. Vuole aggiungere qualcosa?»

Lei si colpisce il mento con l'indice e guarda di nuovo la parete, di nuovo esamina il quadro di Artigas, l'immagine di san Giuda Taddeo, i fiori di plastica, finge di cercare nella memoria. Sorride e scrolla le spalle, sul volto una smorfia di disprezzo.

«No.»

A Leonilda quei monosillabi cominciano a suonare come un mantra, una litania.

«Lo immaginavo. Adesso lei uscirà da quella porta e io resterò qui a guardare quei meravigliosi fiori di plastica e cercherò di capire qual è il mio problema; devo avere proprio una faccia da stupida se la gente ritiene di non aver bisogno di aprire la bocca. Se ne vada, e per favore mi chiami se dovesse ricordare qualcosa di importante. Le auguro una buona giornata, Mirta.»

Leonilda resta sola. Non avrà notizie di Mirta, né in un futuro prossimo né per tutta l'eternità. Sospira, quella non poteva essere una buona giornata, ormai era evidente. Apre la cartella di cartoncino azzurro, tira fuori una foto nella quale si vede un cappotto rosso con un foro di proiettile ingrandito, un buco bruciacchiato, sbircia altre fotografie nelle quali si ripete il colore rosso e la bruciatura. Passa in esame le ricevute delle carte di credito, i conti bancari, i tabulati delle chiamate telefoniche fatte e ricevute dalla vittima, quelle del suo telefono fisso. Gli interrogatori dei vicini, dei portieri, della sua famiglia e degli amici. Lì deve esserci qualcosa. Santiago, l'ex marito, era in Bolivia il giorno dell'omicidio. L'amante, Sergio, si trova in qualche punto dell'Africa e non è rientrato in patria. Probabile che non venga fuori niente da tutte quelle carte.

Deve verificare se esistono due donne chiamate Úrsula López. Entra nel programma del Registro di Identità, digita il nome e vengono fuori due soggetti. Ci sono le foto, i dati anagrafici, gli indirizzi. In effetti, ci sono due persone omonime. Stampa. Una è la donna che è stata lì seduta, quella assassinata. E l'altra? Trova qualcosa di familiare nell'altra.

Prende l'immaginetta di san Giuda Taddeo, la tocca con la punta del dito indice, chiede mentalmente protezione contro gli angeli del male, contro l'esercito delle tenebre. Loro si aprono il passo tra la massa umana, rattristano, depredano, uccidono. E lei non sempre si sente capace di affrontarli. A volte pensa che è sola. Sospira.

Torna a pensare alle due donne che hanno lo stesso nome: Úrsula López, l'assassinata, e Úrsula López, la nipote della donna uccisa un po' di tempo fa. Troppe Ursule e troppi omicidi. Non saranno collegati i due casi? E, soprattutto, il collegamento non sarà proprio Ricardo, il Lercio? Non avrà ucciso una donna pensando che fosse l'altra?

Magari Ricardo ha ucciso la donna sbagliata. Ripassa il caso mentalmente. Un condannato per omicidio evade, tenta di localizzare una persona che lo ha incolpato del crimine, pedina una donna che si chiama come quella che lo ha accusato ma non è quella che lo ha accusato, è solo un'omonima e quella donna muore assassinata. Deve assolutamente trovare l'altra Úrsula López, perché potrebbe essere in pericolo.

Il suono del suo cellulare la fa sobbalzare. Odia i telefoni, le fanno paura. Lascia l'immaginetta sul tavolo, in piedi, appoggiata sullo stelo della lampada e orientata verso di lei per darle forza e protezione, guarda il numero sullo schermo: è il Rogna. Parlano brevemente, annota un indirizzo e un orario su un blocchetto. Mette da parte i pensieri apocalittici, ha il tempo per organizzare un'operazione perfetta. Prende di nuovo l'immaginetta di san Giuda e se la infila nel taschino della camicia. Si prepara per uscire.

23

C'è una stanza, c'è un letto, c'è una donna distesa sul letto. Ha il viso contratto, il corpo in tensione sulla coperta di ciniglia che sembra vintage ma non è vintage, è solo passata di moda, vecchia.

La donna sdraiata ha i tappi nelle orecchie che la isolano dai rumori esterni ma amplificano quelli interni: ogni volta che deglutisce sembra uno tsunami, ogni volta che fa stridere i denti sembra un terremoto. Da fuori, invece, quasi niente.

Al quinto piano di un edificio malridotto dove l'ascensore non funziona quasi mai, in una stanza dipinta di un verde che trent'anni fa si chiamava *"Nilo"*, su un letto con la coperta di ciniglia che non è vintage ma semplicemente vecchia, Úrsula non dorme, non guarda la televisione, non ascolta la radio, non legge un libro né lavora alle traduzioni che deve terminare da più di un mese, non guarda morire il pomeriggio dalla finestra, l'oscurità che vince sui resti di luce, la pioggia che batte: Úrsula, distesa sul letto, si lascia scivolare tra i ricordi e sente una rabbia astratta e diffusa rivolta a tutto ciò che è vivo e anche a qualche morto.

Su Montevideo piove da ore, e la Città Vecchia si sta immergendo in un sopore acquoso. È una giornata deserta, illuminata da lampioni che non illuminano. La città dalle luci gialle sembra uscita da un film girato nella nebbia. Fuori, la temperatura ha l'impatto di una lastra di ghiaccio. Dentro, va decisamente meglio. I tappi alle orecchie fanno da barriera a tutto ciò che la minaccia.

Nel letto, Úrsula pensa e prova risentimento, si concentra sulla sua sfortuna, tenta di decifrare le radici della sua sventura che affondano nel passato. Non ci riesce, e allora prova altra rabbia. Il suo stato d'animo ha quella tensione rigida che prelude al pericolo e, anche se nella maggior parte dei casi non succede niente, sappiamo che a volte capita.

Ogni giorno della sua vita, pensa, è sempre lo stesso giorno. Settimana dopo settimana, mese dopo mese vede passare le stagioni, successive e uguali, con una immutabilità che la tranquillizza e la conforta, ma allo stesso tempo le crea disperazione e ira. Dal letto pensa a quelle serie televisive nelle quali gli stessi personaggi sono sempre nello stesso scenario, recitando testi simili, indossando abiti simili, stagione dopo stagione, in un presente infinito. Anche il suo presente è infinito, una linea regolare e monotona che non varia quasi mai.

Si lascia scivolare tra i ricordi, dicevamo, attraverso il passato, e accetta tutti i danni collaterali: la sensazione di ingiustizia e il rancore che le provoca, perché solo l'autocompassione interrompe la monotonia di un pomeriggio scuro e piovoso.

Quando sta per arrivare il momento clou, quando ormai cominciano a spuntare le lacrime attese, squilla il cellulare sul comodino, squilla due, tre volte, ma lei sente appena un suono acuto, ammortizzato dalla gomma che, infilata nelle orecchie, la separa dal mondo. «Maledetto telefono!» grida Úrsula al terzo squillo, e le sue parole arrivano amplificate.

Una sfortuna: il suo bel momento di autocommiserazione è finito.

Dal letto cerca con le mani di afferrare il cellulare, vuole vedere il numero ma non si è ancora messa gli occhiali e scorge solo una fila sfumata di formiche giganti che ballano sullo schermo azzurro mentre la suoneria continua a rimbombare come raffiche di mitra che le trapanano il cervello. Si toglie i tappi dalle orecchie, li strappa. Le fa male la testa e la suoneria le perfora il cranio. Detesta quei suoni acuti come punture.

Suona di nuovo, preme il tasto e dice: «Pronto».

«Sono Germán.»

Lei riconosce la voce dopo una frazione di secondo. Quelle due parole e poi silenzio.

E aspetta, aspetta quel ragionevole lasso di tempo che le donne di una certa età lasciano passare prima di avanzare verso il loro obiettivo. Quindi fa il salto: «Ci vediamo stasera, Germán?».

«Dove posso incontrarla?»

«A casa mia. Proprio all'angolo tra calle Treinta y Tres e Sarandí, sopra al negozio, appartamento 501.»

Non riesce a credere a ciò che ha appena detto.

24

Cose che Úrsula non fa mai: scendere le scale due gradini alla volta, pentirsi, correre, invitare uomini a casa sua, dormire senza prendere sonniferi, rubare molti soldi, scappare dalla polizia. Ma in queste prossime ore le farà tutte.

Si mette davanti allo specchio, si pettina, un po' di fard sulle guance, finisce di truccare l'occhio sinistro con l'eyeliner. La casa è pervasa da un silenzio minaccioso che viene rotto dal suono del citofono. Qualche secondo di ansia, il braccio in alto vacilla, l'eyeliner nella mano destra, l'occhio sinistro socchiuso e la punta della lingua fuori restano sospesi, congelati. Úrsula quasi non respira. Di nuovo il citofono. Getta l'eyeliner nel lavandino, esce correndo dal bagno e apre la porta; stavolta non aspetterà l'ascensore che non funziona quasi mai, si precipiterà, scenderà le scale di corsa, salterà i gradini due alla volta senza timore di cadere, e arriverà al portone con un sorriso.

Aprirà.

«Salve, Germán.»

«Úrsula, quanto tempo.»

Lui tende la mano, lei gli porge la sua.

«Come sta? Quando è uscito?»

«Sono uscito ieri.»

«E come si sente a essere di nuovo un uomo libero?»

«È come essere tornato in un'altra città.»

«L'hanno trattata molto male in carcere?»

«Mi hanno trattato come tutti, Úrsula.»

«È fradicio. Entri. No, l'ascensore non funziona quasi mai.»

Salgono le scale di marmo consumato. Lei davanti, senza tachicardie né sussulti, sale saltellando, si gira e sorride. Con una mano alliscia una piega immaginaria della camicia aderente al corpo. Sale i cinque piani senza rantoli, arriva in cima senza asfissia. Lui sta dietro, guarda quella donna bella e lussuriosamente in carne.

«Da questa parte. Venga.»

«Ha una bella casa...»

«Sì, è la casa dove sono nata. La casa di mio padre.»

«Vive qui anche lui?»

«No, è morto da anni. Vivo sola.»

«Allora alla fine si è separata da suo marito, da Santiago?»

C'è un silenzio. Lungo.

«Colleziona statuine giapponesi, a quanto vedo.»

«Anche quelle erano di mio padre. Me le ha lasciate a condizione che me ne prendessi cura. Mi danno un sacco di lavoro, sa? Trecentoventidue statuine, bisogna pulirle una per una. Spazzolini, panni, spugne, diversi tipi di liquidi detergenti, un arsenale di strumenti per mantenerle. Tutte le domeniche mi dedico a loro.»

«È un bell'hobby.»

«No, non è il mio hobby. Era il suo hobby, quello di papà.»

«E adesso è il suo.»

«Non lo so, non lo so. Vuole un caffè?»

«Sì, grazie.»

Silenzio.

Germán guarda a terra, scruta la notte attraverso la finestra. Úrsula va in cucina e dopo qualche minuto torna nel soggiorno, porta un vassoio con due tazze già riempite, lo appoggia sul tavolo. Sul piattino di Germán c'è una bustina di zucchero, in quello di Úrsula una bustina di dolcificante.

La città si è andata illuminando dietro le finestre. In casa ci sono poche luci accese, e la penombra rende più lontano il rumore del traffico che arriva dalla strada. Il silenzio all'interno è diventato più silenzioso, e nella quiete si può sentire sia il delicato picchiettio delle tazze sia il rumore delle gole che si schiariscono la voce.

«Le porto un po' d'acqua?»

«Non c'è bisogno. Mi ha detto che suo padre è morto. Di cosa?»

«Un incidente con il Somnium, le pasticche per dormire.»

«E ha altri parenti?»

«Una sorella, Luz, che vive in Bolivia.»

«È sempre bello avere dei fratelli. Glielo dico io che sono figlio unico.»

«Sì, certo, io adoro mia sorella Luz.»

Un silenzio, un vuoto di parole che è comodo, cordiale.

«Bene, comunque io volevo dirle che sono venuto per ringraziarla.»

«Ringraziarmi per cosa?»

«Per non avere testimoniato contro di me, Úrsula. Per aver detto che non ha mai parlato con me, che non le ho mai chiesto un riscatto per suo marito. Lei ha mentito per salvarmi.»

Altro silenzio. Úrsula guarda per terra, guarda la finestra. Esita, la sua anima si riempie di erbacce ghiacciate. Ci ha pensato per molto tempo, e ancora non sa come dirglielo.

«Germán, c'è una cosa molto importante che non le ho detto.»

Lui guarda il viso di lei, gli occhi sgranati.

«Ho fatto una cosa imperdonabile. L'ho ingannata.»

«Mi ha ingannato? Ma se lei ha dichiarato che io...»

«Io non ho testimoniato niente. Non ho mai testimoniato niente, né a favore né contro. Non sono stata convocata.»

«Ma il mio avvocato ha detto che lei ha testimoniato a mio favore, ha dichiarato che non avevo chiesto alcun riscatto per la liberazione di Santiago, suo marito...»

«Germán, mi ascolti...»

«...ha detto che non c'è mai stata estorsione...»

«Germán...»

«...e la ringrazio, perché, se avesse detto che avevo chiesto un riscatto per liberare suo marito, il giudice avrebbe cambiato il capo di imputazione in sequestro di persona a scopo di estorsione.»

«Io non ho nessun marito.»

Un altro silenzio, questa volta solido.

«Come ha detto? Santiago non è suo marito?»

«Le ho detto che non ho marito, e che non ho mai testimoniato nel processo per il sequestro di Santiago.»

«Quindi mi hanno informato male?»

«L'hanno informata bene. È stata Úrsula López a testimoniare di non avere mai ricevuto una sua chiamata, di non essere stata ricattata, e ha detto la verità. Perché lei, quando ha telefonato per chiedere il riscatto, non ha chiamato la moglie di Santiago. Ha chiamato me. Ha parlato con me.»

«Allora? Non capisco.»

«Ci sono due Úrsula López, io e la moglie di Santiago.»

«Ma allora chi è lei?»

«In realtà, come le ho detto, sono Úrsula López, ma sono un'altra Úrsula López. Capisce?»

«No.»

«Siamo omonime. Ci chiamiamo allo stesso modo. Quando lei ha telefonato per chiedere il riscatto a Úrsula López, la moglie di Santiago Losada, ha chiamato un numero sbagliato, il mio. Ha chiamato la donna sbagliata.»

Germán pensa, assorto, si guarda le mani o le unghie. Schiude le labbra a poco a poco, parla al rallentatore, fa lunghe pause e le parole sembrano arrivare dal suo limbo.

«Ho cercato il numero di Úrsula López sull'elenco del telefono e ho trovato quello. Quindi non era il numero della moglie di Santiago...»

«No.»

«In effetti lei non mi ha mai detto di non essere la moglie di Santiago. Però si è comportata come se lo fosse.»

«Sì, è vero, perciò le ho detto che l'ho ingannata. Sono venuta a incontrarla come se fossi lei. Per un attimo ho voluto essere lei, soltanto per un attimo, ma poi mi è piaciuto essere un'altra donna.»

Úrsula, seduta sulla poltrona di velluto rosso scuro, guarda le gocce di cristallo del lampadario appeso al soffitto.

«Mi è piaciuto fingere di essere lei, di essere un'altra.»

«E io le ho chiesto il riscatto per suo marito: un milione. Lei ha detto che lo avrebbe pagato se io... lo avessi fatto sparire.»

Úrsula pensa se è il caso di dirgli che lei, a sua volta, aveva chiesto i soldi del riscatto all'altra Úrsula, alla vera moglie di Santiago. Maledetta donna, ha finto di essere d'accordo, di voler pagare il milione ma ha posto una condizione per la consegna del denaro, la stessa che aveva posto a Germán: che facesse sparire suo marito. Però poi l'ha tradita e ha mandato la polizia nel luogo dove era tenuto prigioniero Santiago.

No, meglio non dirgli nulla delle sue negoziazioni fallite. E nemmeno che quella sera lo aveva drogato nel bar dove si erano incontrati, e che lo aveva seguito fino al nascondiglio, che lo aveva visto addormentarsi a causa dei sonniferi, e che quando aveva sentito arrivare la polizia era riuscita a fuggire portando via l'arma che lui teneva sul comodino. Saggia decisione, alla luce degli eventi, perché i poliziotti avrebbero trovato l'arma... Dopotutto, lei lo aveva salvato da una condanna per sequestro a scopo di estorsione. Lo guarda, sospira.

«Dimentichiamoci dell'altra Úrsula. Non ho un marito, non ho una villa con piscina a Carrasco, non ho domestiche né giardini, e non ho tutti quei milioni.»

Fa una pausa, deve smetterla di ammucchiare parole, dargli tempo di assimilare l'inganno. Si chiede se Germán si arrabbierà, se le urlerà contro, se uscirà da quella casa furioso, sbattendo la porta. Impossibile, la porta è chiusa a chiave e deve essere lei ad aprirla, scendere le cinque rampe di scale e in quel lasso di tempo qualunque attacco d'ira tende a scemare o addirittura a diventare ridicolo. Lo sappiamo, la realtà va ben oltre i nostri gesti teatrali.

Ma Germán non fa niente. Rimane assorto nei suoi pensieri, lo sguardo sconcertato adesso vaga sulle pareti della sala.

«Perché lo ha fatto? Mi riferisco all'inganno, farsi passare per qualcun altro.»

«Gliel'ho già detto, ho provato e probabilmente mi è piaciuto. È una cosa che avrei sempre voluto: essere un'altra. Allontanarmi dalla noia di sapere che tutti i giorni sono lo stesso giorno.»

Germán sorride. Non è un gran sorriso, non è nemmeno un gesto amichevole, è una smorfia strana, forse di compassione, un segnale di pace. Ma pur sempre un sorriso.

«Se lo ricorda? Avevamo detto che saremmo stati soci, Úrsula...»

«Sì.»

«Quella è acqua passata, non pensiamoci più, come dice lei. Io invece voglio proporle un altro tipo di società. Ma stavolta lo propongo a lei, non alla moglie di Santiago. Non alla donna sbagliata, a quella giusta.»

Úrsula beve un sorso, due, posa la tazza sul piattino e il

piattino sul tavolo. Annuisce con il mento, una, due volte, molte. Lui parla lentamente, sottovoce, sussurra.

«Prenderò parte a un colpo molto grosso, un furto. Ho bisogno del suo aiuto, per favore.»

Lei si pulisce le labbra e il tovagliolo si macchia di un rosa tenue. Rosa antico, si chiamava trent'anni fa.

«Mi dica tutto.»

25

Montevideo, prime luci dell'alba. La città è deserta, giace immobile, neppure respira. Nella torre che era stata la più alta del Sudamerica, Palacio Salvo, i primi raggi bussano da oriente. C'è un silenzio bianco, appena un po' dorato.

Da una radio all'interno del commissariato di polizia arriva un brano jazz o un blues o una qualsiasi melodia incongruente con un'alba in quel luogo. Fuori, la città di Montevideo si sveglia, come sempre, circondata da un lieve odore di immondizia.

Leonilda Lima è al suo posto dalla sera precedente. Ha tentato di mettere insieme un contingente adeguato, dargli le istruzioni che ha preparato, organizzarlo. Ci ha provato, sì, ma con poco successo: gli effettivi e i veicoli "non sono disponibili" o semplicemente non ci sono, questo lei non lo sa.

Alla fine, a poche ore dall'assalto soffiato dal Rogna, è riuscita a farsi assegnare solo quattro poliziotti, una quantità insufficiente ad affrontare un gruppo di delinquenti armati e pronti ad assaltare un blindato.

Così non è possibile, decide. Così no.

Chiama il commissario ispettore Clemen, che neanche risponde. Gli lascia un messaggio, aspetta. Sa che non la richiamerà, ma aspetta comunque. Sospetta, diffida, ha un brutto presentimento da quando ha saputo che avevano affidato il caso a Leonardo Borda, ma allora perché poi lo hanno assegnato di nuovo a lei? Il sospetto cresce, si sviluppa a poco a poco, come un romanzo, capitolo dopo capitolo riunisce informazioni nella sua testa, e la realtà comincia a cambiare.

Leonilda guarda fuori dalla finestra: il sole spunta per qualche minuto, brilla, sparisce, poi uscirà di nuovo. Il giorno sarà una concatenazione di situazioni mutevoli. Pensa, suppone, predice. Deve fare attenzione, si ripete. Il Capricorno non potrebbe avere i pianeti peggio allineati.

Alla fine riunisce una quantità di effettivi che, a questo punto, davanti alla possibilità ancora peggiore di abbandonare l'operazione, le pare quasi sufficiente.

Tre auto e un veicolo blindato munito di artiglieria partono a sirene spiegate verso gli accessi a ovest della città e da lì verso nord. Il traffico è scarso, le strade a quell'ora sono quasi deserte. Le auto circolano senza comunicare tra loro, si sente solo il rumore degli pneumatici sull'asfalto. Passano con il rosso, imboccano strade contromano, l'ululato delle sirene è un lasciapassare.

Non arrivano a percorrere più di venti isolati.

«Che succede?»

«Non lo so, il mezzo blindato è rimasto fermo.»

«Non è possibile.»

«Scendo a vedere che cosa è successo, commissaria.»

«Faccia presto, Rojas.»

La commissaria Leonilda Lima, con la testa tra le mani, si dibatte tra la voglia di slacciarsi la cintura di sicurezza e scendere urlando, oppure alzare le braccia e accettare il proprio destino. Resta a metà strada, scende dall'auto e si avvicina al veicolo blindato.

«C'è qualche problema, sergente?»

«Sì, commissaria. A quanto pare il motore si è piantato.»

La mattina, fedele alle previsioni per quella giornata, comincia a prendere una brutta piega, e all'improvviso sembra che faccia sera molto in fretta.

Deglutisce. «Può ripararlo subito?»

L'uomo la guarda come gli uomini guardano le donne che fanno domande sulla meccanica.

«No» dice, ignorando il grado della sua superiore.

L'eloquenza del monosillabo, logora e brillante, a volte risulta atroce. Non c'è molto da aggiungere.

«C'è un altro veicolo disponibile?»

«Negativo.»

È l'ora che segue l'alba, quando i boschi mostrano un verde appena nato, le montagne sembrano incandescenti, l'acqua degli irrigatori si sparge seminando argento puro, solo che lì non ci sono né boschi né acqua né montagne, neppure un giardino con un po' di erba da annaffiare in quelle case con le pareti da intonacare.

Lei si liscia i capelli con la mano. Era tutto scritto: non si può sfidare il destino, la cosa migliore è lasciarsi andare e farsi scorrere tutto addosso. Guarda nel vuoto. Per un istante sembra che le sue funzioni siano rimaste sospese. Il suo aspetto acquista un'aria placida, o almeno questo pensa il sergente che la sta guardando, anche se non è esattamente "placida" la parola che pensa. Poi lei tira fuori il telefono e fa delle chiamate.

Ma ha la certezza che, qualunque cosa faccia, chiunque chiami, non arriverà in tempo.

26

È l'alba. La luce del nuovo giorno filtra tra le tende del vecchio appartamento, prima tenue, pallida, poi con quel bagliore di fuoco delle prime luci invernali, e illumina le poltrone di pelle consumata, i vecchi tappeti persiani, la scrivania di rovere e il volto di Úrsula.

Úrsula, in piedi con il braccio teso, punta verso il nulla. Dice «*Bang bang bang*», poi soffia sulla canna del revolver e ripone la .38 Special tra la cinta dei pantaloni e gli slip. Fa un giro di novanta gradi, tira fuori di nuovo l'arma a tutta velocità, punta e grida «*Bang bang bang*», soffia sulla canna e poi via, di nuovo nella cintura. Lo fa ancora un bel po' di volte, ma alla fine si stanca o si annoia e decide che si è già esercitata abbastanza.

Adesso è seduta, concentrata, il revolver in mano, la scatola con i proiettili alla sua destra, il panno morbido e senza peli che usa per lucidare la collezione di statuine. Ma oggi non le tocca occuparsi dei suoi giapponesi perché oggi non è domenica, quindi pulisce l'arma, la lucida, la sfrega fino a sentirla liscia, metallo e legno come seta. Guarda soddisfatta il risultato del suo lavoro.

Sulle pareti ci sono ritratti di famiglia dipinti a olio, foto delle stesse persone, matrimoni, viaggi, ricordi di gente morta, tutti morti tranne lei e Luz.

Si alza di nuovo in piedi, divarica le gambe, inclina il corpo, guarda avanti. Sfodera l'arma e punta, tutto in un unico movimento. *Bang bang bang.*

La posa di Úrsula ricorda quella dello sceriffo dei film western: un piede avanti, le ginocchia leggermente piegate, lo sguardo fisso su un obiettivo che non vediamo e il revolver – estratto a tutta velocità dalla fondina agganciata alla cinta dei pantaloni – teso in una linea retta che inizia dal naso, prosegue sul braccio allungato e termina nell'arma.

Guarda l'orologio, le sei e mezzo passate.

Ha fame, la fame che le viene quando è ansiosa, nervosa, quando si sente sola, depressa, nostalgica, arrabbiata, è la fame dei ricordi e la fame del vuoto. Va al frigorifero e tira fuori riso, pesce, gelatina dietetica, yogurt magro, formaggio senza sale, prosciutto senza grasso e biscotti integrali. Porta tutto a tavola con la maionese ipocalorica, l'olio d'oliva, le salse e i condimenti *light*, e comincia a mordere qua e là. Apre un barattolo di salsicce sott'olio, scongela una piccola porzione di minestra di lenticchie, affonda il cucchiaio e sorbisce; prende un pezzo di formaggio, una fetta di prosciutto, li tuffa nel ketchup e ingoia; morde carni, afferra ravioli, condisce con la vinaigrette, intinge gli ultimi spaghetti nella panna, butta giù la zuppa di asparagi.

La sensazione di sazietà e i sensi di colpa arrivano tenendosi per mano.

Se ne sta immobile, guardando schifata i resti del banchetto, poi chiude gli occhi. Vuole disfarsi di tutto, svuotare il suo frigorifero. Promette a se stessa che non lo farà più, ma sa che la carne è debole, o comunque ne ha il sospetto. La turba vivere in un corpo così fragile. Cosciente dello spreco che comporterebbe gettare tutta quella roba nella spazzatura, giura – spergiura – di non comprarla mai più. Con dispiacere lascia il vasetto di marmellata di mirtilli nella pattumiera, accartoccia lentamente i due vassoi di paste ripiene, butta gli affettati e perfino i torroni di Natale. Non è stato poi così difficile, il difficile sarà non comprarli più. Apre la credenza e scaraventa a terra tutte le lattine, spazza via con la mano pacchetti, barattoli, infila tutto dentro buste nere che trascina fino all'ingresso di casa e lascia sul pianerottolo.

Chiude, si schiaccia contro la porta, appoggia la schiena, respira agitata. Comincia a calmarsi.

Torna alla scrivania. Il sole, che si è già spostato di quasi un metro, illumina proprio il punto in cui ha lasciato l'arma. Úrsula la guarda, l'accarezza, la solleva, l'annusa: gelsomino, ylang ylang e cuore di rose, appena un tocco di olio di vetiver, il profumo dell'ultima mano che l'ha impugnata, ovvero la sua. Più che di questo aroma, la casa ha un odore profondo e familiare di legno invecchiato, di pelle consumata, di tubi otturati da anni, di libri ingialliti, di vita trascurata. Alla fine ripone l'arma nella borsa, aggiunge il binocolo, un pacchetto di biscotti integrali che si sono salvati dall'ecatombe, gli occhiali scuri, una scatola di guanti chirurgici, una bottiglietta d'acqua e un golfino di lana, perché, non si sa mai, potrebbe rinfrescare.

Sette e dieci.

Per abitudine accende il televisore, un modello grande e scuro di legno. Le immagini sono grumose, l'audio distorto. Un notiziario parla dei delinquenti catturati dalla polizia mentre rapinavano un'agenzia di riscossione e del criminale morto sul luogo dell'agguato a causa del colpo esploso da un'arma di grosso calibro di proprietà del titolare del locale; il giornalista avvicina il microfono a un uomo che dice di essere stato vittima della decima rapina in quello stesso anno, e la telecamera mette a fuoco il corpo dell'ucciso, che qualcuno copre con un grosso sacco o un lenzuolo sintetico. Con quattro falcate Úrsula si avvicina all'apparecchio, strappa il cavo con un movimento brusco e il televisore smette di funzionare, morto.

Esce con il cavo in mano e lo getta vicino alle buste. Tra un'ora tutto sarà iniziato.

Seconda Parte

9.23

La scena si presenta così: a dieci metri dall'angolo tra Rosaleda e Río Colorado è fermo un furgoncino Nissan, parcheggiato lungo il marciapiede di calle Rosaleda, con il motore acceso. Dentro ci sono Ricardo e il Rogna, entrambi fumano. Ricardo ha tra i piedi la Calico (mitragliatrice M960, calibro 9x19 mm Luger; peso a vuoto: 2,17 kg; lunghezza aperta: 835 mm; lunghezza della canna: 330 mm; cadenza di tiro: 750 colpi al minuto; capacità del caricatore: 100 cartucce) e in tasca la Smith & Wesson .38 Special (calibro 38+P, doppia azione, capacità: 5 proiettili; lunghezza della canna: 4,8 cm; lunghezza totale: 16,8 cm; peso: 405,4 g). Il Rogna porta alla cintola, sotto il giubbotto, una delle SIG Sauer (calibro 9 mm Parabellum; lunghezza: 180 mm; peso a vuoto: 642 g). Sul sedile posteriore c'è una cassa con dieci granate.

Davanti alla Nissan, a una cinquantina di metri, anch'esso in calle Rosaleda, c'è un furgone Toyota, bianco, doppia cabina, vetri polarizzati verde scuro, il motore spento, con dentro Germán. A lui hanno dato l'altra Calico, che è sul pavimento del veicolo, ma lontano, più lontano possibile, dai suoi piedi. Non vuole guardarla, non vuole pensare, non è autorizzato ad avere paura e, per un istante, gioca anche lui a credersi parte di questa banda che da un momento all'altro tenterà l'assalto. Vuole farne parte, ma non osa. Tira fuori una pasticca dalla tasca, getta indietro la testa e se la mette in bocca, deglutendo con difficoltà.

A poca distanza da Germán, Ricardo prepara piste di coca con la sua carta d'identità e le aspira, una dietro l'altra, da quasi trenta minuti. Sembra allegro e ride per qualunque cosa, socchiude la bocca, pare stia per fischiare, ma le sue labbra grosse tremano come se avesse un peperoncino piccante sulla lingua. Apre la bocca e colpisce con l'unghia del pollice i suoi denti sporchi di nicotina, guarda il Rogna con una faccia che lui deve considerare piena di significato. Il Rogna evita il suo sguardo e fissa il vuoto che c'è al di là del finestrino. Ha accettato un paio di piste e adesso si sente più nervoso di prima, con più paura. Vuole andarsene. Guarda l'ora sul suo cellulare. Tutto questo casino, tutta questa paura, per una manciata di soldi e una moto usata.

«Bravo, Rogna, bravo. Ti sei giocato la pelle con me in questa storia. Gli altri sono tutti spariti.»

«Cerca di capirli, Lercio. Nessuno vuole rischiare con un blindato portavalori. Molte armi, molta violenza.»

«Per questo noi ci lasceremo alle spalle la povertà, e loro continueranno a sbattersi per un piatto di minestra. Sono tutti dei cacasotto. Meno male che ho messo alle strette il Passerotto, l'ho messo proprio con le spalle al muro.»

«Ha esperienza in materia?»

«No, è un imbranato. Ma ci serve per caricare i sacchi e guidare. E comunque non c'era molto da scegliere: o lui o nessuno. Branco di cacasotto. Se la sono squagliata tutti.»

«È un blindato, Lercio...»

Cinquanta metri più in là, Germán è sicuro che tutto andrà a finire male. Tira fuori un'altra pasticca da un altro blister, getta indietro la testa e se la mette in bocca. "Agonia" è la parola più adatta a definire il suo stato d'animo. Pensa che alcune persone pianifichino la loro vita: sanno tutto ciò che accadrà loro giorno per giorno, mese dopo mese, anno dopo anno. I banchieri, i ministri e tutti gli uomini organizzati seguono un piano, una sorta di mappa della vita, un GPS che indica loro quale strada prendere nell'esistenza. La sua vita, invece, rotola come una palla impazzita.

In quel tratto di strada non ci sono negozi né uffici, soltanto case basse, costruzioni grigie, alcune di mattoni, o condomini senza intonaco, una classe media venuta meno per le crisi dalle quali certa gente non si riprende mai del tutto, case costruite per i loro abitanti dieci anni fa, quando questa zona era campagna. Fra la Toyota bianca e la Nissan c'è un albero di circa otto metri, ancora pieno di foglie, un ailanto o una *tipuana*. Proprio di fronte c'è un garage chiuso – sappiamo che apre dopo mezzogiorno –, dal pavimento unto, nero, con davanti il rottame della carrozzeria arrugginita di un autobus.

È passata poca gente, praticamente nessuno. Sono le 9.23 del mattino, e quelli che escono abitualmente per andare al lavoro o a scuola sono andati via da un pezzo, mentre quelli che sono rimasti a casa non mettono il naso fuori per il freddo. Anche il traffico dei veicoli è scarso: di tanto in tanto passa una moto cinese, una bicicletta arrugginita, un'auto con il paraurti rattoppato.

Nella stessa calle Rosaleda, superando calle Río Colorado verso ovest, circa duecento metri più in là, dentro la sua Audi A6 c'è Antinucci. Protetto dai vetri polarizzati, guarda con il suo binocolo verso la zona dove si svolgerà l'azione. L'occhio del padrone ingrassa il cavallo. È arrivato da oltre un'ora e non si è mai permesso di accendere una sigaretta all'interno della macchina, né è sceso a fumare sul marciapiede, ragione per cui il suo umore peggiora un minuto dopo l'altro. Colpisce il volante con il grande anello d'oro che porta incise in rilievo le sue iniziali VAA, si morde il labbro, prima quello inferiore, dopo quello superiore, poi ricomincia. Tenta di concentrarsi sul controllo della strada, sulle facce dei rari passanti, ma non ce la fa più: o scende a fumare una sigaretta, o se ne accende una lì, all'interno dell'auto. E quello sarebbe impossibile, imperdonabile, perché cura quella macchina come un figlio malato. Apre la portiera, quasi si precipita fuori, fruga più volte nelle tasche, era sicuro di averne un pacchetto ancora da aprire. Dopo avere cercato dappertutto, le sigarette non compaiono e Antinucci, sempre più nervoso, sente che sta per esplodere. Decide di incamminarsi verso il chiosco all'angolo, anche se lo preoccupa lasciare nel bagagliaio il lanciagranate RPG-7 con proiettili HEAT (calibro 40 mm il lanciatore e 85 mm l'ogiva, mira telescopica PGO-7 e UP-7V: peso: 7 kg; lunghezza: 950 mm; gittata: 9,2 m). Ovviamente lo lascerà, o pensava di portarlo con sé al chiosco? Magari sotto il cappotto, con la canna che spuntava dal colletto, proprio vicino all'orecchio sinistro? Scuote la testa, ride dei suoi pensieri, apre la scatola per vedere se è ancora lì, e la richiude. Controlla due volte che sia chiusa bene, guarda l'ora: il tempo passa, deve sbrigarsi.

Dall'altro lato di calle Rosaleda, all'angolo con Moreras, c'è Úrsula. Nessuno può vederla perché si è nascosta dietro un camion parcheggiato lì dalla sera prima e che la nasconde completamente agli occhi di chi guarda dal lato opposto, dall'incrocio tra Rosaleda e Río Colorado e oltre. È tranquilla, nella mano destra tiene il suo binocolo, la borsa rosa appesa a tracolla, con dentro i biscotti integrali e la bottiglia d'acqua, e il golfino se dovesse rinfrescare. Ha la Smith & Wesson .38 Special nella tasca del soprabito.

Da lì domina tutta la scena, vede ogni movimento degli attori, guarda soprattutto Germán. Tiene il binocolo vicino agli occhi e proprio adesso sta aggrottando le sopracciglia, gira la rotella, non riesce a credere a ciò che sta vedendo: ha riconosciuto Ricardo. Ma... ancora quell'uomo? L'altro giorno nel parco, adesso qui. Si chiede cosa ci fa fuori dal carcere, dove era rinchiuso per avere ammazzato la zia Irene, e da dove non sarebbe dovuto uscire per dieci o vent'anni? Scuote la testa. Quel tipo non dovrebbe essere qui, tantomeno essere socio di Germán. E anche suo, per la proprietà transitiva. Lo vede e le immagini si scatenano, la sua mente viaggia nel tempo fino a un corridoio oscuro. Dalle ombre e attraverso la fessura di una porta accostata, qualcuno guarda una coppia mentre fa sesso, la osserva copulare, ne spia i movimenti, osserva il tremore dell'orgasmo, la vede rilassarsi dopo il coito, la donna si addormenta, l'uomo, forse annoiato, giocherella con un'arma che era sul comodino, poi anche lui si addormenta. La persona che guarda da dietro la porta entra in punta di piedi nella stanza della coppia addormentata, s'impossessa dell'arma, la prende con cautela, cammina lungo il corridoio verso la stanza della zia Irene, tiene il revolver con le impronte di Ricardo tra le mani, coperte da guanti chirurgici. La persona apre la porta, si assicura che l'anziana dorma tra le lenzuola bianche, annusa il profumo di iris e muschio bianco, prova tenerezza per la sua vulnerabilità e una lacrima le scende sulla guancia, un sentimento tenero le fa venire la pelle d'oca. La guarda dormire ignara, senza il minimo sospetto, e sa che tutti quei momenti andranno perduti nel tempo, come lacrime nella pioggia. È tempo di morire, pensa con tristezza. E s'incammina verso il letto. Úrsula non vuole continuare a ricordare, ma le immagini si affollano. Nella scena seguente tutto è confuso, la zia morta per un colpo di pistola, il revolver abbandonato al suo fianco, l'amante della domestica portato via a forza dalla casa e infilato in un'auto della polizia che parte ululando, la dichiarazione di Úrsula agli agenti, i guanti di lattice in fondo alla sua borsa, l'anello della zia Irene nella tasca del suo cappotto.

Distoglie lo sguardo da Ricardo, aggrotta le sopracciglia in una smorfia di contrarietà, vede l'uomo che è al suo fianco, il Rogna. Nemmeno quell'uomo le piace, ha un'aria sospetta, anche se non sappiamo da dove le viene quell'idea. Guarda ancora una volta Germán: sono l'uno di fronte all'altro anche se lui non può vederla, nota che il viso dell'uomo ha acquisito un tono verdastro, sicuramente per effetto del colore dei vetri del parabrezza, pensa. Poi scoprirà che quello è il colore della sua paura, e non la tonalità del vetro. Resta a guardare quel volto che vede tinto di verde, pensa al verde, le ricorda il mare, sogna una vacanza in riva al mare. Adesso avrà le sue vacanze in riva al mare o dove vorrà.

No, Úrsula, non ti meriti vacanze al mare o altrove, dice papà, guarda in che situazione ti sei cacciata, una rapina, perché questa è una rapina. Ti mancava soltanto questo: rubare, rapinare. Finirai dentro, rinchiusa, ma stavolta non sarà fino alle otto del mattino dopo, io non aprirò la porta della tua stanza per dirti che la penitenza è finita, adesso sarà per tutta la vita. Sta' zitto, papà. Finirai in carcere, Úrsula, e lo hai sempre meritato, perché sei una ladra, prima eri una ladra di cibo. Sta' zitto, vecchio stronzo, ti ho detto di stare zitto. Grassa e ladra, ecco che cosa sei. Silenzio, papà, sei morto. Mi sono assicurata che fossi definitivamente morto.

Úrsula respira con difficoltà, guarda Germán, maneggia il cannocchiale con violenza, è infastidita e, con rabbia, lo mette a fuoco, lo vede intimidito, dimesso, un pusillanime, e se non lo farà lui, saprà lei cosa fare. Sente già il profumo del denaro, quel miscuglio afrodisiaco dell'odore della carta, l'inchiostro e il sudore umano. E quando avrà la grana, dimagrirà, comprerà una casa a Carrasco e avrà una piscina, domestici, denaro, un'auto nuova. Vacanze su una spiaggia con un mare verde. Vedrai, papà. Vedrai, Luz.

Il furgone tarderà ancora dieci o quindici minuti a comparire in fondo alla strada, circolerà in direzione est-ovest, ci saranno tre uomini nella cabina e due uomini nella parte posteriore con il denaro raccolto.

Il Rogna, vagamente diffidente, stavolta rifiuta la polvere bianca e comincia a rollarsi una sigaretta con tabacco e parsimonia, con spirito da artigiano dispiega la foglia, sistema le fibre, la arrotola e la fa girare tra le sue dita, passa la lingua sul bordo. La preparazione della sigaretta lo tranquillizza, osserva il risultato del suo lavoro, sospira. Ricardo non riesce più a stare calmo, lascia il motore acceso e salta giù dal furgone, fa qualche passo e si ferma di fianco alla Toyota. Bussa al vetro di Germán, che non lo ha visto arrivare e fa un salto sul sedile.

«Apri, faccia di culo!»

Germán tira giù il finestrino come gli viene ordinato.

Un'auto che arriva lungo Rosaleda fa un brutto scherzo al Lercio, schizzando l'acqua sporca sui pantaloni, sul giubbotto, sui capelli. Ricardo s'infiamma e lancia una serie di imprecazioni che il colpevole non sente perché è già lontano.

«Figlio di puttana, stronzo, pezzo di merda, fanculo tu e quella gran troia di tua madre!»

«Attento, Lercio, parla piano, non dare troppo nell'occhio.»

«Attento un cazzo! Ma l'hai visto come è passato quel bastardo?»

«Abbassa il volume, non attirare l'attenzione. Non è il momento di fare casino.»

«Sei proprio un cacasotto, Passerotto.»

Nel momento in cui Antinucci esce dal chiosco con la sigaretta accesa in bocca e il pacchetto in tasca, Germán comincia a pensare che è stanco della parola "cacasotto", ma la rabbia cede sempre il passo alla paura.

Nella strada di case silenziose risuona un rumore di cilindrata potente, un suono che annuncia l'arrivo di un veicolo pesante, Germán e Ricardo si guardano, voltano le teste in una perfetta sincronia che, vista col binocolo da una distanza di duecento metri, risulta avere la grazia di un balletto provato e riprovato, completamente estraneo ai momenti che precedono un assalto. Ricardo grugnisce, è quel suono che si emette quando si sta dal dentista con la bocca aperta, piena di cotone e attrezzi metallici, e qualcuno ci fa una domanda. Germán non ne capisce le parole fino a quando lo sente gridare.

«Sta arrivando il furgone, è in anticipo, porca di una puttana ladra!»

9.28

Ricardo attraversa la strada in quattro falcate. Il furgone portavalori è a centocinquanta metri, ancora, e procede a passo d'uomo, sicuramente a causa del gran numero di buche di calle Rosaleda. Si infila nella Nissan, allaccia la cintura di sicurezza, mette la prima e sterza. Il muso dell'auto sporge appena verso la strada e lui, senza togliere gli occhi dallo specchietto retrovisore, senza smettere di guardare in direzione del blindato, calcola e orienta l'auto verso est. Vede il veicolo avvicinarsi, lo tiene nel mirino e, quando arriva a un centinaio di metri, il suo cuore accelera, settanta metri, si avvicina, spara Antinucci, avanti, spara. Ricardo stringe il volante fino a che le nocche gli fanno male, serra i denti fino a che le gengive gli fanno male, cinquanta metri e Antinucci non spara. Premi quel grilletto, pensa, ha il respiro affannoso, la vista fissa sul furgone portavalori, lancia quella cazzo di granata, puttana ladra.

Antinucci è tornato dalla sua incursione al chiosco, ormai la sigaretta non è altro che una cicca tra le sue labbra e la getta esattamente nell'angolo tra l'asfalto e il cordolo del marciapiede. Entra nell'auto e si accomoda, prende il binocolo e lo sistema: quello che vede gli fa spiccare un salto che fa ricadere male il suo posteriore sul sedile di pelle.

«Dio santo, è arrivato in anticipo!»

È giusto chiarire che dopo averlo detto si pente sinceramente, sa che non deve nominare il Suo nome invano e domani dovrà andare di nuovo a confessarsi, altrimenti resterà con l'ombra del peccato sulla coscienza. Scende di nuovo dal veicolo, raggiunge la parte posteriore e tira fuori il lanciagranate dal bagagliaio. Si guarda intorno: non c'è nessuno, come era stato previsto. Si mette l'arma sulla spalla e punta il mirino telescopico, calibra, e nel frattempo si domanda se anche in questo caso ha davvero nominato il Suo nome invano, non ne è sicuro, deve ricordarsi di chiederlo a padre Ismael domani, alla messa delle sette. Appoggia l'occhio destro al mirino, mette a fuoco, regola.

E spara.

Ricardo ha le mani aggrappate al volante e lo sguardo fisso sullo specchietto retrovisore, sta tremando di impazienza e cocaina quando arriva il rumore. Un grido di trionfo gli sale dal fondo della gola quando sente il sibilo del proiettile del lanciagranate che, come stabilito, Antinucci ha appena sparato contro il blindato, a cinquanta metri di distanza.

L'esplosione è terribile, il veicolo brucia immediatamente, si alzano colonne di fuoco e fumo. Al boato, che ha sconvolto la tranquillità della mattina suburbana, segue un silenzio denso, pieno di sibili. Qualche vecchia si affaccia alla finestra con il grembiule ancora addosso e il cucchiaio in mano, si sente il rumore di una porta, una finestra si apre, una voce, un grido e poi un altro, suoni disarticolati e un frastuono che cresce. Da qualche parte, qualcuno sembra lamentarsi.

Ricardo preme l'acceleratore, avvicina la Nissan al furgone portavalori.

Lui e il Rogna scendono. Un vecchio in pigiama esce sul balcone, inforca gli occhiali per vedere da lontano, urla, chiede qualcosa, fa dei gesti, alza le braccia.

«Torna dentro, sbrigati, rientra in casa, nonno!» gli urla il Rogna. Il vecchio gesticola e continua a gridare. Il pigiama ondeggia intorno al suo corpo smunto.

Ricardo, il Lercio, tira fuori la .38 e punta.

«Lascialo stare, Lercio, adesso se ne va.»

Ma Ricardo ha già svuotato il caricatore e almeno due pallottole hanno centrato il bersaglio. L'uomo in pigiama cade sul pavimento del balcone e, anche se non sappiamo se è morto, non sarà più presente in questo racconto.

Dal furgone arriva una voce.

«Non sparate, non sparate, sono ferito, porca puttana!» grida qualcuno, una voce giovane.

Ricardo, che ha la Calico in una mano e la .38 nell'altra, mette via il revolver e va dritto verso la parte anteriore e, senza neppure aprirla, spara una raffica e un'altra, poi una terza: il rumore è sordo, come esplosioni su un cuscino di piume, anche se la prima è stata sufficiente a mandare in frantumi la portiera del blindato, spezzare in due il corpo dell'autista e far saltare la faccia al suo accompagnatore.

Úrsula guarda attraverso il binocolo, annusa la polvere, il sudore, il sangue. Pensa al pericolo, ai soldi e a Germán, non sappiamo se in quell'ordine o in un altro qualsiasi, pensa ancora una volta che Ricardo non può essere a piede libero, che qualcosa non sta andando bene nel mondo. Mette la mano nel cappotto, tocca la sua .38.

Antinucci, a duecento metri, ha lasciato il lanciagranate sul sedile posteriore e accende un'altra sigaretta, stavolta all'interno dell'auto. Si guarda intorno: in strada non c'è anima viva, esattamente come avevano previsto. Sorride e accarezza il tettuccio dell'Audi.

Davanti ad Antinucci, a duecento metri, Ricardo gira a quarantacinque gradi e cammina verso la parte posteriore del blindato. Si ferma, attende qualche secondo. Dentro c'è movimento, una voce, un lamento.

«Non sparate, non sparate, per Dio!»

La portiera si apre e un tipo si affaccia con le mani in alto, il viso insanguinato. Gli manca una buona parte del cuoio capelluto.

«Non sparate.»

9.29

Il Lercio guarda il ragazzo e guarda la Calico. Esita un istante prima di tirare fuori dalla tasca la .38, mirare e sparare quattro volte fino a quando vede la guardia cadere, con il viso coperto da brandelli di cervello.

Ripete l'operazione con minime varianti contro l'altra guardia che è stesa sul pavimento del veicolo e che probabilmente doveva essere già morta a giudicare dal suo stato, che non riteniamo opportuno descrivere. Ricardo ripete il giro di quarantacinque gradi, va verso la Nissan, grida.

«I sacchi. Caricate i sacchi. Adesso.»

Fa un cenno verso il punto in cui dovrebbe esserci il Rogna, ma lì non c'è nessuno perché il Rogna è sparito.

«Figlio di puttana! Rogna, pezzo di merda, dove cazzo ti sei cacciato?»

Le sue urla attirano l'attenzione come la sirena di un transatlantico. Allora guarda il furgone Toyota, si avvicina di corsa. Germán vede crescere la sua ombra contro il vetro e, allo stesso tempo, sente crescere la nausea. Lo guarda, lo sente urlare.

«Hai visto il Rogna? Dove cazzo è finito?»

«L'ho visto poco fa, sì, è andato via di corsa, ha svoltato l'angolo.»

«Porca di una puttana troia, tu porta il furgone, mettilo di culo e aiutami a caricare i sacchi.»

Germán dà un taglio netto ai suoi pensieri. Manda giù la saliva, obbedisce. Guarda verso est, a pochi metri da lui un branco di cani si contende un osso o un pezzo di plastica e fingono di mordersi. Il suo sguardo riconosce la strada e si ferma all'angolo, si ferma sul furgone parcheggiato lì dalla sera prima e i muscoli del suo viso si distendono un po'.

Accende il motore e va verso il blindato. Scende – lascia il motore acceso e la porta del bagagliaio aperta, come avevano concordato –, guarda di nuovo a est, verso l'incrocio con Moreras, e fa un breve cenno con il pollice, impercettibile per chiunque. Prova di nuovo il panico, pensa al carcere, vuole espellere quel ricordo, ma il pensiero torna. Immagina le sirene, le pattuglie che lo circondano, mani che lo spingono a terra, gli stivali sulle sue costole. Respira con affanno, tenta di riempire i polmoni, ansima come un cane. Tira fuori una pasticca, se la mette in bocca. Con le gambe molli come gelatina si dirige verso Ricardo.

Antinucci, al suo posto, duecento metri più in là e con quattro occhi, studia gli spostamenti di Ricardo, ha visto scappare il Rogna senza poter fare niente, impreca per la mancanza di altra gente, sorveglia Germán. Pensieri che Antinucci può avere quando è nervoso o arrabbiato con i suoi dipendenti, "Sono inutili", oppure "Questi neri di merda mi fanno cagare", "Li ammazzo tutti". Si volta e vede il lanciagranate sul sedile posteriore.

Il fuoco iniziale si sta spegnendo. È trascorso poco più di un minuto dall'esplosione, il minuto più lungo della vita di Germán. In quella circostanza, crediamo, sarebbe servito a poco essere ministro o banchiere, sarebbe stato ugualmente nei guai, o quasi. Lui e il Lercio entrano nella parte posteriore del blindato: c'è un terzo uomo a terra, è giovanissimo, si lamenta per il dolore, sembra essersi rotto il femore, la gamba è distesa in una posizione innaturale. È pieno di bruciature, non ha più ciglia né sopracciglia. Il Lercio prende la mira.

«No! No!»

Il grido di Germán si sovrappone al rumore dei quattro colpi. L'uomo giovane apre e chiude la bocca, poi resta quieto, gli occhi spalancati, lo sguardo fisso verso il tettuccio del furgone. Ricardo carica il primo sacco, lo guarda. Il suo sorriso è così forzato che lo spaventa.

«Andiamo, sbrigati, qui c'è più grana di quella che avevamo immaginato.»

«Perché gli hai sparato? Non poteva neanche muoversi, bastava togliergli l'arma.»

«Presto o tardi ci avrebbe riconosciuti. E poi che cazzo te ne frega di quello che faccio io? Sta' zitto e aiutami a caricare. E ricordati che qui sono io che comando, tu devi solo obbedire. E poi farò i conti con quel figlio di puttana del Rogna.»

«Quanti sacchi carichiamo?»

«Tutti quelli che possiamo, coglione. È l'incasso di un casinò in una notte intera, ci sono milioni e milioni.»

Il Lercio passa il primo sacco a Germán che lo carica con difficoltà, poi altri due. Tutti vanno a finire nel bagagliaio della Toyota. Ricardo grida e dà ordini come se fosse da solo sulla faccia della Terra. E sembra proprio così, perché in tutto il quartiere nessuno si affaccia a guardare.

Dietro l'angolo, Úrsula tasta il revolver che tiene in tasca – l'espressione è più tesa rispetto a qualche minuto prima –, esce dal suo nascondiglio e comincia a camminare verso il furgone portavalori.

Antinucci, che pochi secondi prima aveva sistemato il lanciagranate sul sedile posteriore, scende dall'auto, carica di nuovo il proiettile e, non riuscendo più a contenere la voglia di sparare ancora, punta il lanciagranate RPG-7.

È inevitabile che alcuni vicini comincino a guardare, si

affaccino a porte e finestre. Ricardo guarda una donna sdentata che è appena comparsa in un'apertura a malapena coperta da una tenda lurida. La punta.

«Che cazzo guardi, stronza? Vuoi che ti faccia secca come quell'altro?»

La donna rientra in casa, una mano chiude la tenda e sparisce, si sente che si chiude la porta alle spalle, poi il rumore di una serratura o di un catenaccio.

Caricano altri due sacchi a spintoni, il tempo stringe.

«Lercio, dobbiamo tagliare la corda, è passato troppo tempo.»

«Ti ho già detto che non sei tu a dare gli ordini.» Grida, sputa, schizzando gocce di saliva sul viso di Germán, che nota la sua faccia stravolta dall'adrenalina, dalla rabbia o dalla coca.

Lo vede tastare l'arma, furioso, e Germán sente salire la nausea, quella nausea inopportuna. Tenta di riprendersi dal malessere ma si sente venir meno, però sa che non può, non deve svenire adesso, che è morto se non fugge, se non corre via immediatamente. Guarda di lato, cerca una via di fuga ma il suo corpo non risponde.

Dove sono finite le pasticche? Tenta inutilmente di trovare il blister.

«Ne ho piene le palle di te, e adesso che stiamo finendo di caricare i sacchi, non mi servi più a niente.»

«Senti, Lercio, io...»

«Sta' zitto, cacasotto, zitto.»

Ricardo estrae l'arma, la impugna. Germán vede la mano che alza il revolver a dieci centimetri dallo spazio che c'è tra i suoi occhi; lo vede e vorrebbe gridare ma la sua lingua si fonde con il palato, le sue braccia dondolano con movimenti da gru arrugginita. Fa uno sforzo, tenta di raddrizzare la schiena che si era curvata, respira e quasi soffoca, gli si annebbia la vista. Vorrebbe pensare a cose che gli sarebbe piaciuto fare nella vita e non ha fatto, vorrebbe veder sfilare davanti ai suoi occhi la propria esistenza, e invece non c'è altro che questa attesa che gli sembra lunga e vuota.

Antinucci, che si era distratto ad aggiustare la mira, non riesce a credere a ciò che vede nel visore del lanciagranate. Tenta di sistemarlo nervosamente per avere una visione più chiara. Gira lo zoom a destra e a sinistra, avvicina l'occhio, si allontana, gira di nuovo. Impreca, porca puttana troia schifosa, ormai senza rimorso, porca puttana troia schifosa, senza più coscienza del peccato, porca puttana ladra, senza più alcuna voglia di confessarsi con padre Ismael. Mette a fuoco di nuovo, sistema e finalmente riesce a vedere con chiarezza l'immagine di quella donna che cammina con l'arma in mano, che si avvicina alla scena. Sta andando tutto male.

Germán sente il freddo del revolver di Ricardo in mezzo alla fronte, tenta di indietreggiare e non ci riesce. Chiude gli occhi con più forza. Ha la mente vuota, aspetta un tempo interminabile. E finalmente sente il rumore dello sparo, stringe le palpebre e i denti, serra i pugni, tutto il suo corpo trema in attesa del dolore del proiettile che fende la sua carne. Tarda qualche secondo a comprendere che il rumore dello sparo era arrivato dal lato sbagliato, che è venuto da dietro, alle sue spalle. Apre gli occhi.

9.31

Prima di capire la situazione, Germán vede il Lercio che barcolla, retrocede e molla l'arma. Ha un'espressione strana, gli occhi sbarrati, guarda qualcosa, fa un paio di passi all'indietro e inciampa, con lo sguardo sempre rivolto alle spalle di Germán.

Il cielo si scurisce alla velocità di una eclissi.

Ricardo, che ha lasciato cadere l'arma e si è piegato in due, che si è tenuto lo stomaco con entrambe le mani, riesce ad alzare la testa e vedere il revolver con cui gli hanno sparato. Il Lercio vede la mano con i guanti da chirurgo, la donna che impugna la pistola, vede i suoi occhi e, malgrado il dolore che adesso cresce in tutto il corpo, sente un allarme che gli mette tutti i muscoli in tensione. Da un qualche punto dove si accumulano i ricordi, arrivano le immagini di una casa, un omicidio, un furto. La casa è quella di Irene, il delitto è quello che hanno appioppato a lui e che non ha commesso, il furto è quello di un anello che non ha mai visto. Guarda la donna che impugna l'arma, ricorda la faccia della nipote di Irene, la riconosce. Comprende, o crede di comprendere, che questo non è il suo primo delitto. Poi si piega un altro po' e cade a terra: ormai non vede e non pensa più.

Úrsula, che tiene ancora il revolver in alto, osserva la figura caduta, immobile contro il nero dell'asfalto, vede la macchia di sangue che comincia a crescere sul ventre dell'uomo, e pensa che deve sbrigarsi a mettere via l'arma prima che Germán la riconosca, anche se dubita che lui sia in condizione di riconoscere qualcosa. La fa sparire, la sistema bene in fondo alla borsa. Si rende conto di avere molta sete, tira fuori la bottiglia d'acqua e beve un paio di sorsi. Si asciuga la bocca con un fazzoletto bianco che poi ripiega e infila nella manica. Un'emorragia causata da una ferita da arma da fuoco allo stomaco non è una prognosi incoraggiante per sopravvivere, pensa. Non le piace quel viso, non le piace quell'uomo, si avvicina al corpo e lo rovescia, lo gira lasciandolo con la faccia contro l'asfalto, il viso nascosto. Così sta meglio.

«Germán, non resti lì impalato. Si sbrighi.»

«Ricardo...»

«Quell'uomo è morto, o di sicuro lo sarà tra pochissimo. Le ha puntato la pistola contro, Germán, la voleva uccidere, l'ha visto? Un traditore, è un traditore e un assassino. Io lo conoscevo vagamente e le assicuro che non era affatto un bel tipo.»

«Dice che è morto?»

«Mortissimo, direi.»

«Ha detto che lo conosceva?»

«Un po'. Quasi per niente. Era il fidanzato della domestica di mia zia Irene.»

Ma Germán non l'ascolta più, tenta di trovare un appoggio, qualcosa a cui aggrapparsi.

In lontananza risuona un tuono come un avvertimento. O è una sirena della polizia? Sente le palpebre pesanti.

Antinucci ha caricato le munizioni. Ha difficoltà nel mettere a fuoco con il mirino telescopico del lanciagranate, maledice quelli che gliel'hanno venduto, senza fermarsi a pensare a padre Ismael né alla confessione o alla penitenza.

Punta. Calcola quasi alla cieca. Impreca ancora, sa che non può attendere oltre. Ansimando per la rabbia che gli provocano gli imprevisti, la contrarietà per le cose che non sono come aveva pianificato, per la frustrazione di non potersi fidare di quei negri di merda, spara. Spara.

Allora si verificano tre azioni simultanee: Germán cade a terra svenuto, Úrsula si china a soccorrerlo, e il proiettile del lanciagranate di Antinucci passa, fischiando, appena sopra le teste di entrambi, e impatta a pochi metri di distanza, contro i resti del furgone portavalori. Qualche attimo più tardi, il tempo che Antinucci impiega a ricaricare, arriva il proiettile successivo, che colpisce in pieno la Nissan. Il blindato e il furgone si incendiano, le fiamme li avvolgono nel giro di pochi istanti. In lontananza si sente il suono di una sirena. Intorno fischiano altri proiettili. Poi altri ancora.

Il rumore degli impatti fa trasalire Úrsula, le fiamme la accecano. Restando china riesce a prendere per il colletto Germán e trascinarlo pochi metri verso il furgone Toyota; apre la portiera e lo carica, non senza fatica, sul sedile del passeggero, senza distogliere lo sguardo dall'incendio, gira intorno al veicolo, si siede al posto di guida, ingrana la prima e parte. Ha visto molti film e sa che, presto o tardi, i due mezzi esploderanno. La sirena risuona più vicina.

Antinucci, a duecento metri e attraverso il mirino telescopico, riesce a vedere solo fiamme e fumo, la strada tinta di rosso e nero, e pensa che niente è andato secondo i suoi piani. Getta il lanciagranate nel bagagliaio dell'auto, sale e accende il motore. Sente un formicolio alle dita, le mani fredde. La pelle del viso è contratta, come quando sentiamo che un sasso ci passa accanto alla testa. Accelera verso il luogo dell'incendio. Non vorremmo trovarci sulla sua strada.

Quando arriva all'incrocio sente l'esplosione, vede volare in aria i pezzi del furgone, sente il rumore dei vetri dei finestrini andare in frantumi. Va tutto male.

Úrsula, che sta già guidando verso il lato est di calle Rosaleda, svolta imboccando calle Moreras e avanza un centinaio di metri prima di sentire il frastuono causato dall'esplosione del primo veicolo.

«Lo sapevo che sarebbe esploso» dice rivolgendosi al nulla. E allora sente la seconda esplosione. Annuisce, fa sì con la testa.

Al suo fianco, Germán non si rende conto di ciò che sta accadendo. Svolta ancora, imbocca Camino Maldonado in direzione della Curva de Maroñas nel momento in cui Antinucci e la commissaria Leonilda Lima arrivano, dalla stessa strada e allo stesso tempo, sul luogo dell'assalto.

Germán, sebbene svenuto, comincia a piangere. Úrsula non lo degna di uno sguardo, non è brava a consolare la gente. In definitiva, pensa, la vita è terribile, e quelli che piangono hanno sempre un buon motivo per farlo.

9.35

Si scatena la pioggia, prima tenue, blanda, poi furiosa; le auto della polizia arrivano in una baraonda di motori, frenate e sirene accese, a stento ammortizzate dal rumore dell'acquazzone, e si fermano a una distanza prudente dall'incendio che il cielo si impegna a spegnere.

Aghi che sembrano di pietra cadono sul corpo della donna, la prima a scendere dalle autopattuglie, che corre tentando di proteggersi dal diluvio con le mani, con le braccia, con il colletto della giacca, che resta immobile a dieci metri dal furgone blindato, che osserva il fuoco aggrottando le sopracciglia, con i pugni chiusi, in piedi davanti ai resti ardenti, e che alla fine abbassa le braccia, impotente contro gli elementi e il destino. Non riesce a crederci, si trova a poca distanza dal posto in cui è nata, dalla via dove ha trascorso l'infanzia. Si guarda intorno. Sono passati tanti, tanti anni. Ma deve concentrarsi sul presente.

Gli agenti si dispiegano: corse, ordini, rumore di scarpe massicce che colpiscono l'asfalto bagnato, urla con accenti di periferia, di zone suburbane, parole troncate.

La commissaria Leonilda Lima si guarda intorno con circospezione. Non c'è più nessuno. Qui c'è stato uno scontro a fuoco ma lei non vede traccia di persone vive o di cadaveri. Lo scenario sembra un campo di battaglia abbandonato: pezzi di vetro, lamiere, ferri contorti, schegge di metallo, pezzi di plastica, di carta bruciacchiata. Banconote? Sono resti di banconote? Sembra esserci moltissimo denaro bruciato che svolazza per la strada. Quel che rimane del furgone, il telaio e i resti della cabina blindata, che forse era stata una Nissan, che forse era stata quella usata dai rapinatori. In mezzo alla carreggiata, le molle di un sedile, schiuma di poliuretano e pezzi di stoffa di tappezzeria che il vento trascina via. Nemmeno un'anima? Nessun essere umano?

Chiude gli occhi, ha la sensazione di avere sbagliato ma non sa che cosa, li apre. Guarda di nuovo il fumo, la schiuma, i pezzi di lamiera. Fa un'analisi continua della scena, metro per metro, rabbrividisce: lì a dieci metri c'è qualcosa che somiglia a un braccio. È sicura che sia un arto superiore. Respira, respira. Rabbrividisce ancora. Sarebbe potuta arrivare in tempo per quella che ha tutta l'aria di essere una carneficina.

I suoi uomini si sono già dispiegati sul terreno, e hanno chiuso entrambi gli ingressi della strada. I vigili del fuoco e la Scientifica sono in arrivo, le conferma Rojas. Che facciano in fretta, che arrivino e fotografino tutto prima che la scena venga contaminata, ordina lei.

Come hanno fatto a far saltare in aria il veicolo blindato e il furgoncino? Deve essere stata un'arma potente, molto cara, difficile da ottenere. Un'arma da guerra. Deve avvertire gli esperti di balistica: ha bisogno che tutti i periti si mettano al lavoro su questo caso, urgentemente.

Fa un giro intorno al blindato. Nella cabina carbonizzata ci sono persone, pensa, ci sono corpi, si corregge dopo essersi avvicinata un paio di metri. Sa che deve contenersi e aspettare i vigili del fuoco e le ambulanze, rispettare il protocollo senza pensare troppo.

Un'Audi A6 si è fermata dietro le auto della polizia. L'uomo che è sceso dalla macchina, e che Leonilda vede avvicinarsi a passo sicuro, in giacca, cravatta e mocassini che luccicano anche sotto la pioggia, la testa piccola, gli occhi gonfi più che grandi, la fronte ampia e un po' bombata, con una cicatrice forse causata da un pugno, un pomo d'Adamo grande come una palla che sale e scende. Perché si è fissata su quei dettagli? Non lo sa. Il tipo si avvicina con passo marziale, non porta l'impermeabile e neppure si ripara dal temporale. Lei gli fa segno di fermarsi.

«Non può passare, signore, si fermi.»

Antinucci non sembra avere ascoltato, si avvicina e tende la mano alla commissaria Lima.

«Sono l'avvocato Antinucci, ai suoi ordini. Stavo passando qui vicino e ho sentito l'esplosione, poi ho visto le fiamme. Non so cosa sia successo qui, sembra un campo di battaglia. Mi pare di capire che hanno assaltato il blindato. Se posso essere utile, magari come testimone. Ho visto le fiamme da lontano.»

Leonilda scuote la testa contrariata e sfiora appena per un istante la mano che l'uomo insiste a tenderle, quanto basta per ricevere l'impressione di aver toccato un invertebrato, una medusa. È sicura di avere già sentito quel nome, le pare una faccia conosciuta ma in queste circostanze non riesce a collocare il suo viso e a ricordare dove e da chi l'ha sentito nominare. No, non crede di averlo già visto in precedenza, ricorderebbe quell'aria azzimata. E quel gozzo che sale e scende.

«Agente Rojas, prenda i dati di questo signore per fornirli al giudice e convocarlo in caso di necessità. Lo voglio immediatamente fuori dalla zona transennata.»

Sente un'impellenza, una sana inquietudine che non riesce a spiegarsi e che la turba. L'uomo dalle scarpe lucide non si muove da lì. Parla e gesticola.

«Ha visto che disastro? È una carneficina. Ci sarebbe bisogno di medici legali. Li ha fatti chiamare i medici legali?»

«Sì» mente lei, e subito si domanda perché lo ha fatto.

«Le ripeto che può contare su di me. Questo è il mio biglietto da visita.»

Lei lo prende senza guardarlo e se lo infila meccanicamente in tasca. Guarda l'auto dalla quale è appena sceso l'uomo, l'Audi A6 parcheggiata malamente dietro le autopattuglie, uno di quelle auto che consentono al proprietario di sentirsi qualcuno. Lo sguardo di Leonilda incrocia un paio di occhi che adesso sono come due fessure, due linee orizzontali che non le sembrano del tutto umani. Malgrado il suo addestramento, la scuola di polizia e la sua esperienza di molti anni, sente il terreno tremare sotto i suoi piedi. Deve riprendere il controllo.

«Le ho detto che lei non può stare qui, non mi costringa a farla allontanare con la forza.»

«Sto solo cercando di collaborare.»

«Rojas, proceda per favore.»

Rojas lo afferra per la spalla costringendolo a retrocedere. L'uomo annuisce, fa un gesto di impotenza e, prima di arretrare, si guarda intorno, lancia uno sguardo minuzioso e accurato che registra ogni metro della scena con una foto mentale. Si ferma. Lo scanner di Antinucci sembra avere intercettato qualcosa. Si libera dalla mano di Rojas.

«Lì c'è una persona» dice.

Gli occhi di Leonilda seguono la direzione del dito – un dito lungo, pallido, le unghie fresche di manicure –, le sembra di vedere un corpo, sì, c'è un corpo ad appena cinque o sei metri dal blindato, seminascosto da pezzi di stoffa o di plastica. Il freddo le arriva alle ossa, devia lo sguardo verso gli occhi dell'uomo e torna a pensare che sono come due linee che ora si socchiudono, analizzano quel corpo senza vita. Leonilda crede di vedere un lampo, poi gli occhi si sviano e continuano la ricerca. La commissaria sente i brividi, un presagio di febbre. Esistono persone di cui bisogna evitare lo sguardo, pensa, di cui è meglio non attirare l'attenzione, strane creature alle quali un'occhiata, la momentanea persistenza di uno sguardo, bastano per dare loro la scusa che cercano. A volte è meglio tenere lo sguardo fisso sulle scarpe.

Il senso del dovere di Leonilda prende il sopravvento sulla necessità di non guardarlo.

«Signore, se non esce immediatamente sarò costretta a ordinare il suo arresto. Agente Rojas, non voglio più vedere quest'uomo all'interno della zona transennata neanche per un secondo.»

«Va bene, mi ritiro. Non si preoccupi per me, commissaria Leonilda Lima.»

Il suo nome risuona come una minaccia. Sente un brivido, il sudore le copre il punto in cui, se fosse un uomo, avrebbe i baffi. Come fa a sapere chi è lei? Dove si sono conosciuti?

«Se ne vada!» grida, fuori di sé. «Se ne vada da qui. Si allontani immediatamente!»

«Commissaria, tenga conto che quell'uomo potrebbe essere morto.»

«Le ho detto di andarsene.»

«Anch'io ho delle cose da fare, Leonilda, molte. Glielo assicuro. Ha il mio biglietto da visita, ci rivedremo. Porti i miei saluti all'ispettore Clemen.»

Lo vede allontanarsi sotto il temporale, camminando dritto, con passo marziale; la pioggia non sembra disturbarlo. Ordina: «Rojas, si procuri un'auto privata, faccia seguire quell'uomo. Non perdetelo di vista».

Osserva l'uomo che scavalca il nastro giallo che delimita una zona lunga cento metri, lo vede infilarsi nella sua auto di alta gamma che immediatamente sparisce, ingoiata da una cortina d'acqua. E allora ricorda il nome: quello è l'avvocato di Ricardo Prieto, l'uomo che, secondo le parole del Rogna, sarebbe stato a capo dell'assalto. L'avvocato Antinucci: adesso ricorda di avere visto molte volte la sua firma sul fascicolo di Ricardo Prieto, alias il Lercio.

Guarda il corpo. Grida, chiede aiuto, ordina di mettere fretta alle ambulanze. Medici legali, chiamate i medici legali. Cerca di togliersi i capelli bagnati dagli occhi, tenta di asciugarsi gli occhi. "Disperazione" è forse la parola che potrebbe definire meglio i suoi sentimenti in questo momento.

9.40

Úrsula guida e cerca di pensare a un piano immediato, a una soluzione rapida che la porti lontano dal luogo del crimine. Così lo chiama lei, crimine, con le parole che aveva usato papà. E dovrà trovare un posto dove nascondere il denaro. Dovrà liberarsi del furgone Toyota. E dovrà occuparsi di Germán, che sembra essere catatonico. Per il momento bisogna nascondere quei sacchi, sui quali c'è il logo dell'impresa che effettua il trasporto valori. Sono molte le cose che dovrà fare, ma Úrsula non sembra angosciata né in affanno: guida con sicurezza, e perfino con una certa abilità, tra gli autobus e le moto, destreggiandosi nel traffico caotico del mattino quando tutta la città sembra essersi messa d'accordo per andare verso il centro. E anche lei si dirige verso il centro, nella Città Vecchia. Ci chiediamo perché rischia di infilarsi proprio nella tana del lupo, perché non fugge in un'altra direzione, ma lei saprà il motivo.

Guida con destrezza, dicevamo, attenta alla confusione e alla segnaletica, tiene lo sguardo fisso in avanti, indietro, di lato, ha quattro occhi e due mani sicure che afferrano il volante, muovono la leva del cambio e abbassano un po' il finestrino, sistemano i suoi capelli sulla fronte, tolgono un granello di polvere dal cappotto. Se mi vedessi, papà, con tutti questi soldi. Sono sicura che una quantità come questa non l'hai mai vista, qui dentro c'è più di una casa a Carrasco, molte piscine, moltissime auto. Una ladra, ecco che cosa sei, Úrsula. No, papà, non l'ho rubato io, è stato Ricardo. Sei stata anche tu, insieme a quell'idiota che sta sdraiato al tuo fianco. Non chiamare idiota Germán, papà, te lo proibisco. Ecco cosa sei diventata, una ladra che ha partecipato a una rapina insieme a un gruppo di malviventi. Ti ho già detto che non ho rubato, vecchio stronzo, sto solo portando via i soldi prima che lo faccia qualcun altro. E adesso torna nella tua tomba, io sono molto occupata, perché la strada è scivolosa e il furgone che sto guidando è sovraccarico, porta un sacco di chili di denaro.

Respira a fondo e guarda Germán, che non sembra essere uscito dal suo stato di incoscienza. Continua a guidare con disinvoltura fra i taxi, le biciclette e i passanti. C'è un'autopattuglia con due poliziotti parcheggiata alla sua sinistra: è la sua immaginazione o la stanno guardando? Impossibile saperlo, hanno gli occhiali scuri. In ogni caso non la fermano. Non può farsi prendere dalla paranoia. Sospira. Sbatte le ciglia a una velocità inusuale. Sente che le idee traboccano, ma lei le contiene e tutto comincia a prendere forma nella sua mente quando attraversa l'incrocio tra 8 de Octubre e Propios.

«Di chi è questo furgone, Germán?»

La voce le esce dura e metallica, e l'uomo non reagisce o quasi.

«Mi sente, Germán?»

«Sì.»

«Sì? Un monosillabo è tutto quello che ha da dire un uomo che ha appena assaltato un furgone blindato e si è appena portato via tutti quei milioni?» Scuote la testa infastidita. «Le sto facendo una domanda semplice, Germán, non le chiedo di risalire il Rio delle Amazzoni, deve solo rispondere.»

Silenzio.

Non si può chiedere nulla alla gente, a volte ha il sospetto di non sopportare più l'umanità. Ha voglia di arrivare da qualche parte, di stare al riparo, lontano dalle strade e dalle auto, dalla stupidità degli uomini.

Comincia ad avere chiaro il modo in cui risolverà alcuni problemi. Non importa che Germán dorma o sia svenuto, lei sa cosa fare. Forse è più tardi di quanto immagini. Ha perso un po' la nozione del tempo. Guarda l'ora: no, è presto e va tutto bene.

Vede arrivare l'autobus che tenta di superarla, vede che la già poca distanza tra la mole che avanza e il suo veicolo si restringe. Suona il clacson per avvertire del pericolo l'autista che, come se fosse sordo, si avvicina sempre di più; lei sterza ed evita che il paraurti del colosso si incastri nella sua portiera. Sterza ancora un po' in senso contrario all'autobus – rischiando seriamente di urtare una Chevrolet alla sua destra – e inchioda i freni con il respiro affannoso, il petto agitato. In quel momento, alla sua sinistra, sente il colpo della collisione tra due veicoli. Il conducente dell'autobus si ferma e cerca di giustificarsi dal finestrino. Si comincia a formare una fila di auto con persone che gridano, discutono, cercano i colpevoli, aprono e chiudono le portiere con violenza. Úrsula preme a fondo l'acceleratore e scappa via lateralmente, affonda ancora il piede tentando di raggiungere i semafori successivi prima che cambino colore, di superarli prima che arrivi un poliziotto, un vigile, o qualcuno a cui venga in mente di prendere il numero di targa della Toyota.

Adesso deve calmarsi: si è salvata per un pelo, ma si è salvata. Dovrebbe fermarsi un momento, respirare. Ma non può farlo: vede un'altra macchina della polizia, stavolta parcheggiata dal lato opposto del viale.

9.42

Il dottor Antinucci ha superato il nastro giallo, si è allontanato dalla zona transennata dalla polizia e adesso non resta la minima traccia del sorriso che sfoggiava trenta secondi prima. Compone un numero sul suo cellulare mentre raggiunge a piedi l'auto, accende una sigaretta prima di entrare, e la fuma in fretta, appoggiato alla carrozzeria.

«Hai trovato la Toyota? La stai seguendo? Continuate fino a quando si fermerà e agite come abbiamo stabilito: avvicinatevi con un qualsiasi pretesto che possa sembrare normale e vedete chi è che sta portando via i soldi. No, ti ho già detto che non lo so cosa è successo, il fumo ha nascosto tutto. Ho visto solo la donna che ti ho descritto, poi più niente. Tienimi informato e non ti fermare, non fare il coglione perché ci sono un sacco di soldi e si potrebbe muovere anche qualcun altro. E reclamarli. Non perderla di vista, adesso arrivo anch'io. Ah, un'altra cosa. Bisognerà pensare anche a Ricardo, il Lercio. È stato ferito da un proiettile e, a quanto ho visto, è messo piuttosto male. Però è vivo, e di sicuro lo porteranno in ospedale. Qualcuno deve aiutarlo ad attraversare lo Stige. Sto dicendo che lo dovete eliminare, idiota.»

Ripone il telefono nella tasca interna della giacca. Antinucci, da lontano e circondato dalla bruma e dal fumo di sigaretta, potrebbe anche sembrare un personaggio misterioso. Da vicino invece pare decisamente artificiale, così impettito, ampolloso nel gesto del braccio dalla sigaretta alla bocca.

Pensa per la millesima volta alla scena che ha visto attraverso il mirino telescopico del lanciagranate, pensa a quella donna che ha sparato al Lercio, pensa a Germán caduto. E, stando a ciò che è riuscito a vedere, sulla scena del crimine non c'era traccia della Toyota carica di soldi. Sì, quei due sono scappati con i sacchi della grana, la donna ha sparato a Ricardo e sono fuggiti entrambi con il bottino. O si è liberata anche di Germán, forse lo ha addirittura ucciso e il suo corpo non è stato ancora ritrovato. Antinucci non sa, non capisce e non gli piace non capire. I suoi informatori non sono ancora stati in grado di dirgli se il furgone circola con una o due persone a bordo. Non importa. Importa solo seguire le tracce della Toyota con il suo denaro, non perderla di vista, cercare il momento giusto per abbordarla. Si maledice per avere sparato all'altro furgone, al Nissan, ma questi lanciagranate sono di scarsa precisione. Lo avevano avvertito ma lui non aveva voluto crederci.

Pensa ai soldi, gli angoli della bocca si sollevano un po', disegnando una smorfia che potrebbe essere un sorriso, e aspira il fumo un paio di volte prima di gettare la sigaretta con violenza. La pioggia non lo disturba: tra pochi minuti cesserà, il cielo dà segnali di volersi schiarire. Lancia la cicca lentamente nell'angolo tra la strada e il cordolo del marciapiede. Poi sale sull'Audi, mette il *Miserere* di Vivaldi e riscalda il motore prima di partire.

Pensa a Ricardo, morto o ferito, pensa al furgone Toyota che circola per la città con i suoi soldi, pensa che il suo piano è cambiato. No, non può innervosirsi proprio adesso, prima di mezzogiorno avrà recuperato il suo denaro. Distende le labbra, alza il volume della musica.

Pensa anche alla propria coscienza, certo, dovrà confessare i propri peccati a padre Ismael, che, come sempre, gli darà l'assoluzione chiesta in ginocchio davanti al confessionale.

Non è facile mantenersi immacolato, ma Lui capisce e perdona, sempre.

Riceve una chiamata alla quale risponde mettendo il vivavoce.

«Sta circolando sulla 8 de Octubre, si dirige verso il centro? E non sai quante persone ci sono a bordo? Ah, non sono ancora riusciti a vedere bene, confermano solo che al volante c'è una donna. Ho capito, non perdetela di vista. Sì, d'accordo, appena li becchiamo ci dividiamo la grana, come avevamo stabilito. Cosa? Mi stai accusando di inefficienza? E io che colpa ne ho se all'ultimo momento compare una matta e... Sì, sì, stai tranquillo, arrivo, e mi occupo di recuperare il bottino. Non succederà niente, stiamo monitorando il furgone ovunque vada, non può scappare da nessuna parte. Certo, ti prometto che stasera avrai tutti i tuoi soldi.»

Inserisce la prima, ma stavolta non si compiace della scorrevolezza del motore, morbido come seta. Si immette nel traffico e si rallegra solo di potersi allontanare da quel quartiere miserabile di case vecchie e fatiscenti, vuole lasciarsi alle spalle quel posto povero e deprimente. Tenta di concentrarsi sul *Miserere*, perché la telefonata lo ha reso molto nervoso. Gli torna alla mente una domanda, sempre la stessa, ripetutamente: chi è quella donna? Da dove è spuntata? L'ha vista in faccia solo per un attimo, i tratti sfumati dall'imprecisione del mirino telescopico. Una donna bionda, grassoccia, una quarantina d'anni o poco più, una donna come tante. Inutile formulare ipotesi adesso. Ora è il momento di agire.

Tra tutte le cose negative, si rallegra di avere sistemato un GPS nascosto nello châssis della Toyota.

9.43

Passa diversi semafori verdi e riesce a procedere a una velocità costante malgrado il traffico congestionato. Vede un furgone municipale, con i vigili che confrontano le targhe con quello che deve essere un elenco di automobilisti che non hanno pagato l'assicurazione. Úrsula suppone che chi utilizza un veicolo per assaltare un furgone blindato deve essere in regola con la patente e l'assicurazione. Suppone bene, crediamo, perché nessuno le fa segno di fermarsi, e infatti lei prosegue il suo cammino finché un semaforo rosso la costringe a fermarsi. In senso contrario si avvicina un gruppo di tre auto della polizia a bassa velocità; gli agenti guardano da un lato e dall'altro, sembrano cercare qualcosa. Úrsula dà una sterzata e svolta a destra, sicura che non siano riusciti a vederla. Imbocca una strada lastricata, e il furgone avanza tra sobbalzi e scossoni: è stracarico, trasporta una montagna di denaro. Si ferma, parcheggia.

«Germán.»

Germán non risponde. Non può continuare a circolare con quei sacchi pieni di soldi identificati con il logo dell'impresa, qualcuno può fermarli e vederli, pensa. Deve nasconderli, almeno nasconderli. Scende e cerca sul sedile posteriore, sul pavimento, trova un telo giallo e copre i sacchi alla meglio.

Supera quattro o cinque isolati percorrendo la strada parallela al viale, poi svolta e si immette di nuovo sulla 8 de Octubre; c'è un imbottigliamento sul viadotto, lavori di mantenimento, si circola su una sola carreggiata per entrambe le direzioni. La fila è lunga e lenta.

Germán sembra dare segni di risveglio.

«Perché siamo fermi?»

«C'è un ingorgo sul viadotto, credo stiano facendo dei lavori perché c'è una sola carreggiata disponibile.»

Úrsula rispetta la fila. Vuole che arrivi presto la sera, vuole il riparo delle tenebre ma non ha paura, no, vuole solo starsene in pace e godersi un po' della calma che si è guadagnata, lei e i suoi milioni. Sorride pensando ai suoi soldi, ma il sorriso svanisce appena vede un'altra macchina della polizia ferma alla fine del tunnel. Non può essere casuale. Senza pensarci troppo sale sul marciapiede, entra nel garage di un edificio e gira il furgone orientandolo nel senso opposto, fa dieci metri contromano e sfreccia a tutta velocità per una strada parallela al viale. Sterza facendo fischiare gli pneumatici, ripetutamente, e alla fine s'infila sul Bulevar Artigas in direzione della Rambla, e da lì lungo la costa verso la Città Vecchia.

Troppe pattuglie, pensa.

Il cielo si apre e il giorno comincia a farsi luminoso e chiaro; la gente inizia a uscire dalle proprie tane, cammina, corre, porta a spasso i cani. Úrsula, che stava pensando ai suoi milioni, alle case, alle auto e alle vacanze al mare, si guarda intorno e ha la sensazione che qualcuno la controlli. Vede un'auto verde, una donna con occhiali enormi e i bambini con l'uniforme scolastica: un buon alibi per seguirla e passare inosservata. Accelera in un tentativo di lasciarsi alle spalle le spie, ma pochi attimi dopo la stessa donna con gli occhiali è di nuovo alla sua destra. Sono entrambe ferme al semaforo successivo; Úrsula la guarda con insistenza ma lei non sembra rendersene conto e tiene lo sguardo fisso davanti a sé. Figlia di puttana, sono sicura che mi sta tenendo d'occhio. Quando scatta il verde, Úrsula parte sgasando, accelera rumorosamente e il furgone Toyota parte sparato lasciando le tracce delle gomme sull'asfalto e un odore acre nell'aria, seminando la donna che tenta di spiarla. Preme l'acceleratore, va sempre più veloce. Ride mostrando tutti i denti e pensa che per adesso si è liberata dei suoi nemici, ma dovrà agire con grande attenzione.

Il giorno, dicevamo, è diventato luminoso e soleggiato. Úrsula abbassa un po' il finestrino per sentire l'aria tiepida. Germán, disteso su un fianco, non sembra accorgersi se fa caldo o freddo: per quello che lei riesce a vedere respira appena. Almeno ha smesso di piagnucolare.

La camionetta della polizia è appostata all'angolo, nascosta da un bidone dell'immondizia, e lei la vede quando è troppo tardi. Riduce la velocità in pochi secondi e il furgone si lamenta con suoni acuti. L'agente le fa segno di fermarsi.

Guarda Germán.

«Si prepari.»

Lui si ridesta da chissà da quale sogno. Apre gli occhi ma non guarda. Dalla faccia che ha sembra appena uscito da un momento di autocommiserazione. Lei sa bene di cosa si tratta, e le dispiace doverlo riportare alla realtà.

«Forza, Germán. Adesso deve riprendersi.»

«Cosa?»

«Deve svegliarsi.»

Arresta il veicolo dolcemente, con perizia, parcheggia con precisione millimetrica. Da dietro il poliziotto si avvicina: uniforme blu, occhiali da sole, berretto.

«Buongiorno.»

«Buongiorno, agente.»

«Patente, libretto e assicurazione del veicolo.»

Úrsula tira fuori la patente, cerca il libretto e l'assicurazione nel posto dove stanno di solito: sul retro dell'aletta parasole. Li trova e li legge velocemente prima di consegnarli: la proprietà è di un'impresa agricola.

Consegna la documentazione all'agente di polizia. Il tipo la controlla, davanti e dietro, poi dà un'occhiata all'interno del furgone: i sacchi di denaro devono attirare l'attenzione come foto pornografiche a Disneyland. Il poliziotto restituisce i documenti, sorride.

«Il signore si sente bene?»

«Sì, solo un po' di mal di testa, emicrania.»

«Capisco.»

Lei mette via i documenti, distoglie lo sguardo, fa per partire.

«Cosa trasporta in quei sacchi?»

Dal porto arriva un alito di umidità con odore di combustibile.

«Vestiti, lenzuola. Stiamo traslocando. Sto portando gli effetti personali nella nostra nuova casa.»

«Certo, capisco. Il trasloco è davvero uno stress terribile» sorride il poliziotto.

«Certo, per questo mio marito ha il mal di testa.»

«Spero che non sia niente di grave.»

«Grazie, agente.»

Il poliziotto si allontana, ferma un altro veicolo.

Úrsula guarda Germán che adesso sembra un po' meno morto. Lo vede lisciarsi le maniche, guardare verso la parte posteriore facendo finta di niente.

«Andiamo, si svegli, che dobbiamo arrivare alla fine.»

«Non mi sento bene. Mi gira ancora la testa.»

Úrsula scuote il capo come se volesse negare qualcosa.

«Tutti abbiamo delle risorse nascoste da qualche parte, un deposito di dolore e di rabbia al quale attingere quando sorge una necessità, Germán. Cerchi la sua rabbia, e si svegli.»

Lui la guarda e accende la radio, si concentra sulla musica e sul paesaggio.

«Dove la portiamo tutta questa roba, Úrsula?»

«Al garage dove tengo la mia auto.»

«È nel suo edificio?»

«No, il palazzo dove vivo è molto vecchio e non ha spazio per le auto. Ho affittato un garage in calle Treinta y Tres, è vicinissimo e costa poco. Non si preoccupi, il padrone non c'è mai a quest'ora. Lavora in una libreria nello stesso isolato.»

«È sicuro? Possiamo lasciare lì i sacchi?»

«Sicuro, sì, è assolutamente sicuro. Il ragazzo è una persona di fiducia, mi deve parecchi favori. Ma se lei ha un'idea migliore, la dica.»

«No, nessuna idea, Úrsula.»

Lei si va lentamente rilassando, sente che il finale è vicino. Tira vento, un vento che viene dal mare, e lascia un gusto di sale in bocca. Úrsula si lecca le labbra per assaporarlo. Se le morde. L'ultimo tratto lo fa a 50 chilometri all'ora, il finestrino abbassato, la brezza sul viso.

10.15

Quando compare un cadavere sulla strada, la polizia deve chiedersi chi era, da dove veniva, che cosa ci faceva lì. Le stesse domande che si pone la commissaria Leonilda Lima davanti a questo massacro, davanti a quei corpi che ormai sono parecchi, quasi tutti smembrati – a pezzi, sarebbe meglio dire, anche se qualcuno potrà storcere il naso considerandola una mancanza di rispetto per la solennità della morte –, fatta eccezione per il corpo scoperto dall'avvocato Antinucci che sembra integro, almeno con tutte le membra al loro posto. Deve trattarsi di uno degli uomini che hanno assaltato il blindato: non indossa l'uniforme dell'impresa che trasporta valori. Gli altri cadaveri devono essere quelli degli agenti che proteggevano il mezzo, o forse si tratta di altri rapinatori. Bisogna raccogliere le testimonianze degli abitanti, sapere se c'erano altri veicoli, quante persone hanno visto. Sicuramente le guardie hanno addosso i documenti di identità, o almeno quel che resta dei documenti. I delinquenti non facilitano certo il lavoro della polizia. Quello che è ancora intero bisognerà identificarlo in un altro modo. Da pochi minuti è arrivata l'ambulanza e un medico lo sta controllando.

Leonilda sa che non può toccare niente, che quando i periti termineranno di misurare, inventariare, fotografare, filmare, documentare ogni centimetro dell'area, i cadaveri – i pezzi, pensa – saranno classificati, imballati e trasferiti per un'ulteriore analisi forense, gli oggetti che si trovano nel raggio dell'azione saranno imbustati ed etichettati, e ogni pezzo di metallo, vetro e plastica verrà studiato e analizzato.

«Commissaria Lima...»

Inginocchiato di fianco al corpo, un medico ha girato la testa per chiamarla. Lei arriva sul posto quasi correndo.

«Quest'uomo è ancora vivo. Molto grave ma vivo. Ha un foro causato da un proiettile vicino allo stomaco, è probabile che siano stati danneggiati il fegato, la milza, il pancreas. Bisogna girarlo, ma con la massima attenzione.»

Gli infermieri sistemano un lenzuolo sotto il corpo che è disteso a faccia in giù, e riescono a girarlo con una manovra semplice e precisa. Leonilda lo vede in faccia, lo riconosce immediatamente, lo ha visto nelle foto del fascicolo dell'assassinio del Pasticca e in quelle di quella donna, Úrsula. È Ricardo Prieto, alias il Lercio. E lei sapeva già che era coinvolto in questo colpo: le informazioni che le aveva dato il Rogna erano corrette.

«Presto, bisogna caricarlo sull'ambulanza e trasportarlo in ospedale.»

Leonilda si chiede se deve richiamare l'ispettore Clemen, che le aveva promesso la sua presenza immediata, più di mezz'ora prima. Decide di no, gli comunicherà le novità di persona. Quando si farà vedere. Il Rogna ha tenuto fede alla sua parola. Tardi, questo sì, ma l'ha chiamata appena ha potuto allontanarsi e sfuggire alla sorveglianza di Ricardo e le ha dato le coordinate, che prima non conosceva. Bisognerà ricompensarlo, chiaro, non lo ha mica fatto per la gloria. Le ha detto di mandargli i soldi e la moto tramite suo fratello, perché lui dovrà sparire per un po' di tempo.

Gli infermieri caricano il ferito – corpo, cadavere, ferito: le parole si susseguono con una dinamica che la sorprende –, lo trasportano sull'ambulanza, lo caricano, lo intubano, gli danno i primi soccorsi.

«C'è la possibilità di parlare con lui?»

«Assolutamente no. È totalmente incosciente, e ha in corso un'emorragia interna causata dal proiettile.»

Leonilda sa che dovrà aspettare. Ricorda Antinucci e aggrotta le sopracciglia. Cosa ci faceva sul luogo del delitto? Come ha fatto a identificare subito Ricardo il Lercio che era seminascosto? E, soprattutto, la cosa più importante, come faceva a sapere il suo nome e il suo grado? Leonilda non portava il suo identificativo, l'aveva dimenticato la mattina nell'armadietto.

Si rallegra quando vede arrivare l'ispettore commissario Clemen. Ma poi vede scendere anche Leonardo Borda. E l'allegria svanisce.

10.25

Da fuori la casa sembra abbandonata.

Úrsula ferma l'auto all'ingresso del garage, e al suo fianco passa un furgoncino dipinto con colori fluorescenti violetto e giallo. Riesce a leggere la scritta sulla parte posteriore: SEGURTRACK, MONITORAGGIO SATELLITARE DI VEICOLI. Pensa, sente che qualcosa si sta liquefacendo nelle sue budella. Sente la voce di Germán che si mescola con una musica che arriva da lontano.

«Qui? È qui il suo garage?»

Sente che qualcosa sta andando storto. Il furgone fluorescente e la scritta si allontanano, si confondono nel traffico lento della Città Vecchia di metà mattina. Il sole spunta per qualche istante, trasformando la pioggia in vapore.

«Sì, è qui» risponde.

«Scendiamo?»

Ancora assorta, alza il viso e guarda il suo accompagnatore senza metterlo a fuoco realmente. Esita, ha paura. È una cosa che Úrsula non fa mai: esitare, avere paura. Riesce a tornare sul pianeta Terra, e risponde: «Non ancora, Germán. Sto pensando».

«Che cosa sta pensando?»

Sospira, o respira forte: pensiamo che Úrsula lo faccia come preambolo di un annuncio trascendente.

«Credo che ci stiano controllando, e penso che questo furgone può avere un GPS nascosto, non so, comunque qualche modo di localizzarci. Sa come funziona il monitoraggio satellitare?»

Germán si prende qualche momento per pensare e poi annuisce con la testa, lentamente, diverse volte.

«Sì, certo che lo so. Ed è possibilissimo che il furgone abbia un GPS. In quel caso sarebbe molto facile localizzarci, seguirci. Sì, sarebbe logico che il capo della banda abbia fatto mettere un GPS su un furgone che avrebbe trasportato tutti questi soldi.»

«Ma lei mi ha detto che non sapeva chi è il capo della banda.»

«No, cioè, me lo hanno detto...»

«Ma davvero...?»

«No, be', sì, lo so, ma non so se faccio bene a dirle il nome.»

«Per favore, Germán, dobbiamo condividere tutte le informazioni disponibili. Siamo soci, non se lo ricorda?»

Germán esita, e alla fine le dice il nome.

Úrsula sospira, un leggero tic le contrae il naso.

«Non mi è nuovo quel nome. Poi penserò come mai mi sembra di averlo sentito, adesso non posso. E dove potrebbe essere installato quel GPS?»

Germán pensa, guarda fuori dal finestrino, si prende un momento.

«Dovunque si possa avvitare un aggeggio piccolo.»

«Cioè bisognerebbe controllare il veicolo da cima a fondo, ma ci porterebbe via un sacco di tempo.»

«Sì, parecchio.»

«Non abbiamo tutto quel tempo.»

«E allora?»

«Per cominciare devo continuare a guidare. Adesso sappiamo che ci seguono e non possiamo fermarci qui. Sarebbe come segnare una croce su una mappa.»

Úrsula mette in moto. Germán è come distratto, si morde il labbro per contenere il tremore. Fanno un paio di giri senza meta. Úrsula pensa.

«Le viene in mente qualcosa, Germán?»

«Di che genere?»

«Per esempio un modo per localizzare quel GPS o di metterlo fuori uso. In questa società lei è il tecnico.»

Germán sorride.

«E lei cos'è in questa nostra società, Úrsula?»

Lei riflette, non risponde subito.

«Il braccio operativo, il dito che preme il grilletto, qualcosa del genere. Ma le sembrano domande da fare in un momento così...?»

Germán resta a guardare la sua socia.

«Sì, forse ho un'idea.»

«Lo sapevo che non mi avrebbe deluso. Mi dica quale.»

«Se il furgone avesse un GPS, cosa più che probabile come dicevamo, smetterebbe di funzionare in un posto coperto da uno spesso strato di cemento.»

Úrsula guida con cautela, rispetta ogni segnale, ogni precedenza.

«Non so se è facile pensare a un posto coperto da uno strato di cemento grosso, molto grosso.»

«Non credo sia così difficile. Può essere un edificio di diversi piani.»

Úrsula lo guarda, per un attimo sposta tutta la sua attenzione su Germán. Gli parla quasi con deferenza.

«Lei è un genio.»

«Grazie, ma non so perché.»

«Ha appena parlato di un edificio di diversi piani...»

«A cosa sta pensando?»

«A un parcheggio multipiano.»

«Credo di capire.»

«Vediamo che gliene pare di questo piano. Lei scende qui all'angolo e raggiunge a piedi il mio garage, la casa che le ho mostrato. Tira fuori la mia auto, e con quella raggiunge il parcheggio all'angolo tra Cerrito e Juan Carlos Gómez. Io l'aspetterò al secondo piano con questo furgone. A quel punto facciamo il trasbordo del denaro dalla Toyota alla mia auto. Poi uno di noi se ne va con il furgone e lo abbandona, diciamo da queste parti, nella zona del porto. L'altro si allontana con la mia auto e i soldi, riporta la macchina nel mio garage e lì aspetta il ritorno dell'altro, nella massima sicurezza. Che gliene sembra?»

«Non è rischioso fare il trasbordo del denaro nel parcheggio, un posto dove entra ed esce molta gente?»

«La quantità di gente non è affatto un problema, tutt'altro, ci proteggerà dalla banda. Ma se non è d'accordo proponga lei un'alternativa.»

Silenzio.

«C'è dell'altro: credo che ci seguano da quando abbiamo imboccato la 8 de Octubre, ma per qualche motivo che non capisco non ci hanno intercettati.»

«Perché crede che non ci abbiano fermato?»

«Non posso saperlo, forse preferiscono muoversi nell'ombra. Immagino che il capo della banda non voglia realizzare un'operazione in un luogo affollato come questo, e attirare l'attenzione di tutti, soprattutto della polizia.»

«Va bene, facciamo come dice lei, Úrsula, non possiamo aspettare oltre. Lei è convinta che il suo garage sia un posto sicuro?»

«Come una banca svizzera.»

«In quella casa non abita nessuno?»

«Sì, un ragazzo che lavora in una libreria, credo di avergliela già detto. Esce alle 8 di mattina e torna alle 8 di sera.

Lavora come uno schiavo. Lo sa come vanno queste cose, la gente giovane viene sfruttata. È una persona di mia totale fiducia.»

«E il garage comunica con la casa?»

«Sì, comunica attraverso una porticina laterale di ferro, un passaggio che sbuca di lato alla casa, e Sebastián non la chiude mai. E le confesso un segreto: la casa, a sua volta, comunica con la libreria dove lavora. Mi ha mostrato il passaggio. Per avere un'idea, è uno di quei tunnel di pietra dell'epoca coloniale. Lo ha scoperto lui, nemmeno i proprietari della libreria sapevano della sua esistenza.»

Ci sono degli istanti di silenzio. Un rumore secco sgorga dalla gola di Germán prima che inizi a parlare.

«Úrsula, le devo la vita.»

Cala un silenzio che dura il tempo che l'autobus impiega a superare l'isolato. Lei osserva gli occhi dell'uomo, la forma del suo viso, compresi le orecchie, il naso. Lo misura.

«Prenda le chiavi, tiri fuori l'auto, vada al parcheggio all'incrocio tra Cerrito e Juan Carlos Gómez e salga al secondo piano. Io sarò lì ad aspettarla.»

Úrsula sorride con affetto, con pietà, con una smorfia di violenza selvaggia.

«E non si preoccupi per quello che mi deve, Germán. I conti li faremo alla fine.»

10.35

Leonilda Lima ascolta le parole del capo e il suo mondo traballa. Prova inquietudine e ansia, una sensazione di profezia che si autoavvera. Proprio come prevedeva, tra lei e questo caso dal quale è appena stata sollevata senza nemmeno una parola di spiegazione si frappone qualcosa di più degli astri.

«A partire da questo momento, del caso si occuperà il commissario Borda» dice la voce gelida, chiara e forte di Clemen.

Cala il silenzio. Lei non discute gli ordini, non lo ha mai fatto, ma stavolta qualcosa non le va giù, le blocca il respiro. Non si può dire che si tratta di una scoperta, perché qualcosa aveva cominciato a insinuarsi in lei da tempo, così lentamente che quasi non l'aveva avvertita fino a ora. Il sospetto le divora il cervello e la coscienza. Le parole si affollano e, alla fine, escono.

«Quali sono gli ordini, ispettore?»

Leonilda guarda fisso Clemen. Non può, non vuole battere ciglio perché le lacrime correrebbero sulle sue guance.

«Lei ha già fatto anche troppo per oggi, Leonilda. Può tornarsene in ufficio e terminare il turno. Ci vediamo domani se Dio vuole.»

I due uomini prendono il comando, cominciano a gridare ordini, a fare chiamate. Borda urla: «Niente stampa, non voglio vedere giornalisti aggirarsi da queste parti. Ampliate il perimetro della zona transennata. Comunque non voglio la stampa tra i piedi».

Lei si allontana come se la spingessero, corre all'auto, le sue mani si colpiscono violentemente, l'una contro l'altra, lo sguardo basso nasconde due occhi accesi, liquidi. Chiede una sigaretta a qualcuno e la accende. La brace brilla quando aspira, si illumina rapidamente. Osserva ripetutamente il fumo che le ricorda un ectoplasma, una presenza dell'aldilà, che sta per parlarle, rivelarle qualcosa, ma che svanisce prima che lei l'ascolti. Termina la sigaretta in poche boccate e la getta, la calpesta con la suola della scarpa, la schiaccia fino a disintegrarla. Stringe i denti così forte che comincia a sentire dolore alle mascelle.

Sale su un'auto privata che le hanno assegnato; andrà al comando, nel suo ufficio. Mette in moto. Alla stessa velocità con la quale era esplosa, la furia di Leonilda sparisce, il suo viso si distende, le spalle si rilassano e cadono. Il destino è strano, la fa tornare nel luogo dove aveva trascorso la sua infanzia, un quartiere povero. E tutto quel denaro rubato da un furgone blindato che adesso, sicuramente, qualcuno starà portando in un luogo sicuro, sempre che non lo abbia già nascosto.

Quando è ancora in calle Rosaleda, superando Río Colorado verso ovest, un paio di centinaia di metri più in là, Leonilda si ferma, scende a comprare le sigarette in un chiosco. Fa qualche passo, prende il pacchetto nuovo, ne tira fuori una e l'accende. La voce le arriva di fianco alla vetrina del chiosco.

«Tu non sei la Leo?»

La donna sembra incorniciata nell'androne sgangherato, una di quelle aperture senza porta né portone, soltanto un vano attraverso il quale si accede in un dedalo di corridoi interni e stretti, circondati di case di legno e lamiera, cuore di una zona dove vivono i più poveri dei poveri, dove dimora la miseria vera. La donna è vecchia, porta un grembiule sudicio, si asciuga ripetutamente le mani dalle unghie lunghe. Trascina un paio di pantofole grigie e senza forma e arriva di fronte a Leonilda, che deve controllarsi per non retrocedere davanti all'odore di stufato, di urina, di sporcizia senza nome.

«La conosco, signora?»

«Io ero amica di tua mamma, tu eri ancora piccola. Poi vi siete trasferiti in centro.»

«Sì, ho abitato qui da bambina. Lei come si chiama?»

«Non so se dirtelo il mio nome, perché tu sei della polizia, no? State indagando sull'assalto.»

«Quel caso non è di mia competenza.»

La donna la guarda con diffidenza, ma si nota che ha voglia di parlare.

«Mara, mi chiamo Mara. Non so se ti ricordi, avevo un magazzino e facevo la parrucchiera. Tua madre ti portava da me a tagliare i capelli, tu eri piccolina. Qui era tutta campagna a quell'epoca. E un caseggiato laggiù, dove vivevate voi.»

Leonilda ricorda una stanzetta con due brande in fondo a un magazzino, un lavabo per lavare la testa, un asciugacapelli, pettini e spazzole tra biancheria e asciugamani, fili incrociati, bigodini di tutti i colori. Non ricorda nessuna faccia, nessuna Mara.

«Certo, ricordo» dice.

La donna fa un gesto con la bocca, si succhia il labbro superiore e muove la lingua da lato a lato, accompagnando il gesto con un rumore acquoso. Leonilda non vuole provare schifo ma non può distogliere lo sguardo da quel buco nero senza denti.

«Io ho visto l'uomo che ha sparato quelle bombe che hanno fatto saltare in aria il furgone con i soldi.»

«Lei ha sentito delle bombe?»

«Non so come si chiamano, comunque erano delle esplosioni. Il tizio era proprio qui, aveva un attrezzo, un'arma con cui sparava, si sentivano volare i pezzi del furgone. Io ho sentito tutto, l'ho visto, la mia vista è ancora buona.»

«Ha visto o ha soltanto sentito? Com'era quell'arma che sparava bombe?»

La donna racconta che si era affacciata senza che la vedessero, descrive qualcosa che Leonilda immagina possa essere un lanciagranate. Questo spiegherebbe il disastro che ha visto sulla scena del crimine.

«E l'uomo? Sarebbe in grado di descrivere l'uomo che ha sparato, signora Mara?»

La vecchia ride con la sua bocca quasi vuota, ride con le gengive spoglie e il buco che si vede è nero.

«Dipende.»

«Dipende da cosa?»

La vecchia si guarda intorno, guarda la strada da un lato e dall'altro: non si vede un'anima. Abbassa la voce che diventa quasi un sussurro.

«Se mi paghi. Ieri mattina ci hanno messo paura, a noi che abitiamo qui, ci hanno detto che stamattina ci sarebbe stato casino, che sarebbe esploso qualcosa, che non dovevamo uscire di casa e non parlare con nessuno. Ma agli altri vicini hanno dato 500 pesos, a me invece non hanno dato niente quegli stronzi. Me li dai tu quei 500 pesos?»

«Credo di sì, te li posso dare io i 500 pesos. Dimmi qualcosa dell'uomo con il lanciagranate. Mi riferisco a quell'aggeggio strano che lanciava bombe.»

«Alto, magro, occhi da uovo sodo. Abiti blu. Un macchinone, grande e scuro. Camminava come se la strada fosse sua. Me la dai la grana? Quegli stronzi non mi hanno dato neanche un soldo. Li hanno dati tutti ai vicini.»

Leonilda le consegna una banconota e si avvia verso la

macchina come una sonnambula. Sparisce all'interno e tira fuori il biglietto da visita dell'avvocato Antinucci. Ricorda l'informazione che le aveva passato il Rogna. Come aveva detto che si chiamava il capo dell'organizzazione? Adesso che ci pensa, non le aveva mai confermato il nome, le aveva detto solo che era un avvocato, un tale Antonucci o Andreucci. Compone un numero di telefono.

«Hai seguito il tipo che ti ho detto? Dove si trova? Bene, non perdetelo di vista. Adesso arrivo.»

10.40

Da pochi minuti Úrsula è entrata nel parcheggio tra Cerrito e Juan Carlos Gómez, ha atteso al secondo piano l'arrivo di Germán, e insieme hanno fatto il trasbordo del denaro dalla Toyota alla Volkswagen. Fino a quel momento tutto si è svolto più o meno normalmente malgrado la difficoltà nel far entrare tutti i sacchi in un'auto molto più stretta e con gli sguardi che arrivavano dalle macchine parcheggiate intorno.

Forse non dovremmo parlare di sguardi, al plurale, ma di uno sguardo più insistente degli altri, un uomo che ha parcheggiato un'utilitaria a pochi metri di distanza.

Germán ha avuto la sensazione di trasformarsi in pietra quando l'uomo si è avvicinato, e ha provato appena un minimo di sollievo quando gli ha chiesto da accendere e si è incamminato verso l'uscita, scendendo la rampa, senza lanciare una seconda occhiata. Úrsula ha sentito un nodo allo stomaco quando si è trovata di fronte a quella enorme quantità di denaro, per la prima volta, ma è riuscita a controllarsi bene.

«Chi fa sparire la Toyota e chi invece porta l'auto in garage?»

«Come preferisce lei, Úrsula» risponde Germán con una voce che è un sussurro quasi incomprensibile.

Lei ci pensa qualche secondo.

«Lei ha più forza, bisognerà scaricare i sacchi, nasconderli. C'è un armadio in fondo al garage, lo ha visto quando ha tirato fuori la macchina? Ci metta dentro i sacchi e poi chiuda a chiave. Due giri di chiave. Non è il massimo della sicurezza ma è meglio di niente. Poi mi aspetti lì.»

Adesso che Germán è di fronte a lei lo guarda bene e lo vede ridotto a uno straccio, vede i denti che battono, le mani che tremano, i capelli incollati alla fronte per il sudore.

«Non faccia così, Germán, tra pochi minuti sarò di nuovo con lei. Le chiavi della porta gliele ho già date, quelle dell'armadio le trova inserite nella serratura.»

«Non so se ce la faccio da solo, mi sento male. Ho la nausea, mi gira la testa.»

«Si faccia forza, accidenti, si tratta solo di un momento. Tra pochissimo arrivo e mi occupo io di tutto. Entri in macchina quando è nel garage e mi aspetti, almeno questo lo può fare. Poi mi occuperò io di nascondere i sacchi.»

Lui guarda i soldi, guarda lei ma non riesce a mettere a fuoco le immagini, ha la vista annebbiata e sa che tra poco comincerà a sentirsi mancare. Non ha il coraggio di dire a Úrsula che non sa se riuscirà a guidare per i quattro o cinque isolati che lo separano dal garage. Cerca per l'ennesima volta le pasticche in ognuna delle tasche, non le trova.

«Avanti, Germán, il mondo non è dei codardi. Anche Dio vomita la gente tiepida.»

Germán sente crescere l'asfissia, il mondo si allontana e lui rimane immerso in un liquido amniotico. Anche il più piccolo movimento gli costa fatica.

«L'auto è già carica, i nostri soldi sono in pericolo. Vuole che li trovino, che ce li portino via?»

Germán riesce appena a dire no con la testa, lo sguardo basso, ma non è sicuro che in questo momento gli interessi molto perdere il denaro.

«Allora si sbrighi.»

Sale sull'auto di Úrsula, una fitta gli attraversa il torace mentre si allaccia la cintura di sicurezza, non sa come ma riesce a mettere in ordine la serie di semplici atti necessari per accendere, avanza, afferra saldamente il volante e scende la rampa del parcheggio. Guida piano, a passo d'uomo, ha paura di finire contro un muro o contro un altro veicolo, di precipitare nel vuoto al centro della spirale. Sente le palpitazioni nel petto, nell'addome, nella gola. Si ferma davanti alla sbarra e le sue dita non riescono a premere il pulsante verde, fino a che qualcuno esce dal gabbiotto della sorveglianza e si avvicina per aprirla manualmente. Chiude gli occhi in attesa del via libera, ascolta i suoi gemiti, il suo pianto, un rumore che sembra di latta arrugginita e che viene dal suo petto.

Quando arriva in strada si accorge di avere il finestrino abbassato, l'aria salata lo colpisce sul viso, il freddo gli fa sbattere le palpebre. Le mani trasudano umidità e scivolano dal volante. Guida senza sapere dove si trova, attento a non sbattere o fermarsi. Sbaglia strada, cerca di orientarsi. In quel momento non può nemmeno chiamare Úrsula, non può, ma non sa come gestire il maledetto impulso di scendere dall'auto e scappare via, correre e allontanarsi da tutto, lontanissimo dalla sua paura. Tenta di riempirsi i polmoni anche se teme di non farcela, conosce i sintomi: adesso arriverà il senso di soffocamento, il corsetto di ferro che gli opprimerà il petto. Riesce a fermare l'auto su un lato, vicino al marciapiede, cerca aria, aria, si aggrappa al volante per non cadere. Dal suo petto arriva un rumore atroce. Angoscia, panico.

Ogni volta che arriva questo momento, sente il fallimento, il dolore, e vorrebbe morire. Ma non può deludere Úrsula, non può lasciare tutto quel denaro per cui hanno rischiato tanto. Anche Dio vomita la gente tiepida, ha detto Úrsula. Cerca di farsi forza, cerca di respirare, una minima boccata entra nei suoi polmoni e sente un sollievo provvisorio; lo svenimento si allontana, o è solo rimandato, anche solo di qualche secondo. Riparte, percorre un paio di isolati. Suonano le campane della cattedrale, non sa quanti rintocchi, dopo il sesto perde il conto. Deve essere mezzogiorno, c'è molta gente per strada, i ristoranti hanno messo fuori i tavolini malgrado il freddo e le nubi minacciose. Il suo corpo si muove piano all'interno dell'auto, di nuovo quella sensazione di galleggiare in un'acqua densa. Si arresta immediatamente tra colpi di clacson e gesti di rabbia di pedoni e autisti. Potrebbe fermarsi di nuovo, proprio lì, buttarsi per terra senza preoccuparsi nemmeno di chiudere la portiera, abbandonare l'auto e il denaro, non gli interessa, correre fino a un angolo qualsiasi, salire su un taxi, andarsene al diavolo, lontano da tutto il casino, da tutta la paura. La tentazione è enorme, cerca di nuovo di respirare e di nuovo ci riesce, si riempie i polmoni. Guarda il sedile posteriore, vede i sacchi di denaro che non hanno trovato posto nel bagagliaio, deve farsi coraggio, stringere i denti, fregarsene dei timori e agire. Úrsula si aspetta quello da lui. Deve raggiungere il luogo dell'appuntamento, scaricare i soldi e sistemarli nell'armadio. Si fa una domanda, e un altro tipo di panico lo assale: sarò capace di infilare la macchina di Úrsula in uno spazio così ridotto, in un garage così stretto? Ma come può esserne capace se non è stato in grado di tirarla fuori? In qualche modo dovrà farcela, maledizione. Si ferma all'incrocio successivo, inspira, espira e imbocca calle Buenos Aires. Più di una volta confonde il freno con la frizione e l'auto avanza a scatti. Ormai restano appena tre o quattro isolati. Svolta a sinistra sulla Treinta y Tres, si blocca di nuovo in un incrocio, guarda la gente che si muove, la vede normale, senza paure, senza angoscia, si domanda dove portano i loro fallimenti, come li gestiscono, e sente l'umidità della baia sulle guance, tra le lacrime vede il panorama della strada che sbocca nella Rambla Sud, respira, e quasi non sente la nausea.

Circola superando un'altra traversa sulla Treinta y Tres ormai senza più paura di perdere conoscenza, frena e lascia attraversare un bambino con un cane e un uomo che trasporta una scatola enorme. I suoi polmoni si riempiono normalmente. Si morde il labbro, reclina la testa, pensieroso. Guarda indietro. Mette la prima.

10.44

Pochi minuti prima di uscire dal parcheggio, prima di abbandonare il furgone Toyota vicino alla Rambla del Puerto, Úrsula passa delle salviette umidificate su volante, cruscotto, leva del cambio, sedili del guidatore e del passeggero, maniglie per aprire le portiere e perfino sul parasole. Era uscita dal parcheggio senza problemi guidando per diversi isolati fino alla Rambla. All'inizio aveva pensato di saltare giù dal veicolo e fuggire dagli inseguitori che dovevano essersi allarmati avendo smesso di ricevere il segnale del GPS, di abbandonare il furgone così com'era e scappare. Invece, l'ora, il traffico intenso, la quantità di gente per strada l'hanno fatta sentire protetta, non ha visto nessuno che le sembrasse sospetto e ha seguito l'impulso di fare le cose correttamente, come si deve, come le avrebbe detto papà.

Ha appena cancellato ogni traccia di dna che poteva essere rimasta, quindi infila le salviette sporche in un sacchetto e le getta in un cestino per strada.

Terminato il lavoro, chiude la portiera, si allontana dalla vettura e butta le chiavi in un tombino come aveva visto fare in un film. Si allontana a piedi per la Rambla. Di fronte a sé vede il porto, le enormi gru, torri, piani e piani di container. Soffia il vento del Sud e porta un'aria umida, fredda, salmastra. Apre la borsa, cerca il golfino, fruga, ogni volta che cerca qualcosa e va di fretta si dice che tiene troppe cose lì dentro, che dovrà fare pulizia, eliminare qualcosa. Tra pochi minuti sarà nel garage, con Germán, con i soldi, che per lei non sono soldi ma luoghi dove andrà a vivere: Carrasco, giardini, piscine, automobili vere e non quella porcheria di Volkswagen Golf. I suoi pensieri volano da Carrasco ai sacchi con il denaro, pensa che sono di materiale molto resistente, forse dovrà usare delle forbici speciali. No, in qualche scatolone deve avere un tronchese di papà che potrebbe servire. Ammesso che sia ancora affilato. Non azzardarti a usare le mie cose per i tuoi reati, Úrsula. Adesso non ho tempo di parlare con te, caro il mio papino, sono occupata. Dopo, ok? Adesso non mi disturbare. Torna nella tua tomba. Un delicato bagliore grigiastro galleggia nel cielo della baia, un'aria scurita da nubi grosse e basse, lei sa che è mezzogiorno ma dalla luce sembra l'imbrunire. Si chiude il cappotto fino al collo, solleva il bavero di lana morbida e cammina altri cinquanta metri. Dal nulla vede sbucare due ceffi che le sbarrano il passo. Uno degli uomini si ferma davanti a lei e l'altro le dice: «C'è un signore che vuole scambiare qualche parola con lei». Le afferra il braccio con dita che stringono come tenaglie, la fa camminare per qualche metro, con uno spintone, tenta di introdurla a forza in una macchina che si è appena materializzata e che Úrsula non aveva visto.

Lei è forte, oppone resistenza, si appoggia con le braccia rigide ai bordi della portiera. Qualcuno, all'interno dell'auto, parla al telefono, con voce roca.

«L'abbiamo presa, tranquillo» riesce a sentire Úrsula. Nel tira e molla scorge un'auto della polizia che circola a trenta metri da loro lungo la Rambla. Si libera degli artigli, chiama a gran voce la polizia agitando le braccia.

«Aiuto! Aiuto! Mi vogliono sequestrare.»

Ma i poliziotti non si fermano, forse perché non l'hanno

né vista né sentita – il vento soffia forte e adesso spazza via i suoni verso il centro della città – e tutto il teatro messo in piedi da Úrsula non sortisce alcun effetto.

«Andiamo, infilatela in macchina e allontaniamoci da qui» dice la voce arrochita. «E lei non faccia resistenza, signora, perché comunque non potrebbe andare molto lontano. Tutto il denaro che è in suo possesso è mio e io lo recupererò immediatamente. E non provi nemmeno a scappare perché la seguirò anche all'inferno.»

Úrsula respira, spinge via quegli sgherri ed entra spontaneamente nell'auto. Si siede, annusa l'odore di pelle nuova e lucida, annusa il cachemire, annusa il sapone con vetiver, si sistema una ciocca di capelli dietro l'orecchio con un gesto languido, e guarda per la prima volta l'uomo che le parla dal sedile di fianco. Abito blu, scarpe nere e lucide, capelli pettinati con il gel. Il veicolo si muove, lei osserva che la luce del giorno si è attenuata, o forse è solo il colore dei vetri di quest'Audi molto, ma molto lussuosa.

«Andiamo al sodo. La Toyota è vuota. Dove sono i miei soldi?»

L'auto, guidata da uno dei suoi gorilla, avanza cerimoniosamente, con il motore che non emette il minimo rumore, poi prende la Rambla Baltasar Brum e Úrsula vede passare gli edifici della Dogana, il Mercado del Puerto e le navi portacontainer che fanno la fila all'orizzonte, in lontananza, galleggiando sulle acque del Río de la Plata. Quando risponde lo fa senza guardare il suo interlocutore.

«I suoi soldi? Io direi che sono i miei soldi, signore. Me li sono guadagnati.»

Il movimento costante del pomo d'Adamo dell'uomo attira la sua attenzione, una pallina che sale e scende a grande velocità.

«Mi sta prendendo in giro? Sono stato io a organizzare l'op...»

«L'ha organizzata male, signore. Talmente male che il furgone blindato è arrivato prima del tempo, non ha reclutato la quantità di gente necessaria per un'operazione del genere, uno dei tre reclutati ha disertato durante l'assalto, un altro dei suoi uomini è risultato essere un maniaco assassino che ha rischiato di ammazzare tutti gli abitanti della zona, e il terzo è svenuto perché ha avuto un attacco di panico. Mi vuole dire che razza di colpo ha organizzato?»

Antinucci muove la testa da un lato bruscamente, come se avesse ricevuto uno schiaffo. La sua voce ora sembra un po' meno malridotta.

«Dovrei esserle grato per essere arrivata, avere ucciso uno dei miei uomini, averne sequestrato un altro e avere portato a termine l'operazione oltre a essersi appropriata di tutto il denaro?»

«Se lei non vuole riconoscere la sua inefficacia nel pianificare e scegliere i complici per la rapina, sono fatti suoi.»

Il viso di Antinucci è paonazzo, ha le guance rosse invece del consueto colore cinereo, e sembra perfino un po' meno marziale del solito, forse a causa del suo labbro inferiore che trema leggermente. Il telefono riprende a squillare, lo tira fuori, guarda il numero ma non risponde.

«Io ho salvato la sua operazione, signore. Se non fossi intervenuta in tempo, quell'uomo violento avrebbe continuato a fare danni, drogandosi avrebbe ucciso il rapinatore depresso, sarebbe arrivata la polizia, e tutto quel denaro sarebbe rimasto nel furgone Toyota che, tra l'altro, ho appena ripulito a fondo, cancellando fino all'ultima impronta digitale e lasciato doverosamente abbandonato lontano dal luogo dell'assalto.»

Antinucci si porta la mano sulla fronte sudata, si slaccia il cappotto. Ha il viso in fiamme e la testa confusa. Sente un crescente imbarazzo. Continua a guardare lo schermo del cellulare con l'elenco delle chiamate ricevute.

«Dove sono i soldi?» chiede con voce roca.

«Non glielo dirò. Mi considera così idiota? Può anche ammazzarmi, farmi a pezzettini, ma non glielo dirò.»

«Lei non sa di cosa posso essere capace.»

Lei sorride ma l'uomo avverte che lo fa solo con mezza bocca. L'altra metà lo guarda seria, torva, con avversione. Antinucci comincia a sentirsi molto stanco.

«Pensa di rinchiudermi in una stanza buia, signore?»

Di che stanza parla questa donna? si chiede Antinucci. Dove vuole andare a parare con tutte queste chiacchiere? L'uomo apre e socchiude gli occhi, ha un leggero mal di testa e uno strano sapore in bocca. Sente uscire dalla sua bocca parole con cui non può essere d'accordo, ma non ha molto da perdere.

«Va bene, va bene. Ho bisogno di quei soldi immediatamente. Trattiamo.»

«Molto bene, cominciamo a capirci.»

«Quanto?»

«Quanto... che cosa?»

«Quanto vuole?»

Silenzio, un silenzio prolungato.

«I soldi sono nelle mie mani, signore. È lei che deve dirmi quanto vuole, e io prenderò in considerazione la sua richiesta.»

Antinucci guarda il telefono, poi guarda lei. Allenta il nodo della cravatta e slaccia il primo bottone della camicia.

«Cerchiamo di essere realisti e matematici. Per quello che ne so, ci sono quattro milioni. Si tenga un milione e mi consegni il resto.»

Úrsula gira il busto verso il suo interlocutore fino a trovarselo completamente di fronte.

«Le dirò quello che penso, con la massima franchezza. Questa operazione aveva quattro partecipanti: lei, il disertore, il violento e il depresso. Dopo una serie di contingenze che non voglio ripetere per non mortificarla più di quanto probabilmente è già, siamo rimasti io, lei e il depresso. E allora dividiamo così, fra noi tre. Un milione virgola tre tre tre ciascuno.»

«C'è un punto che lei non considera. Anzi, per meglio dire, un socio.»

«Chi è?»

«La polizia, signora.»

«Non mi sorprende affatto, viviamo in un mondo di merda. Non ci si può fidare nemmeno delle forze dell'ordine. Va bene, dividiamo per quattro, allora.»

«D'accordo. Allora mi porti una volta per tutte nel posto dove tiene i soldi e mettiamo fine a questa storia.»

«Adesso che ci siamo capiti, faccia scendere dall'auto i suoi gorilla. Non voglio testimoni del posto dove tengo il denaro.»

Antinucci risponde con un tono di voce che non è più marziale.

«Lei sta delirando. Non ho alcuna intenzione di privarmi dei miei uomini.»

«E io le dico che è meglio che non ci siano testimoni, dia retta a me.»

«Assolutamente no, signora, la mia disponibilità a trattare arriva fin qui. Mi dia l'indirizzo e andiamo a prendere quei maledetti soldi una volta per tutte.»

«Treinta y Tres 333.»

«Credo che lei non sia tanto normale» dice Antinucci a voce molto bassa.

Né Antinucci né Úrsula l'hanno vista, è sul marciapiede di fronte e li sta sorvegliando da un'auto privata: è Leonilda, che guarda il profilo della donna seduta nell'Audi. Non è molto ciò che vede, i vetri sono polarizzati e lasciano scorgere solo un'ombra sfumata dal grigio verdastro, ma la commissaria sorride, ha avuto tempo più che sufficiente per osservare quando i due tipi l'avevano abbordata vicino al porto e l'avevano fatta salire sull'auto. Aveva avuto il tempo per riconoscerla: è la donna della foto che tiene in mano, presa dal Registro dell'Anagrafe. Ha anche i suoi dati, sa che vive tra calle Sarandí e la Treinta y Tres.

L'auto di Antinucci riparte, e lei la segue da vicino.

10.44

Germán si asciuga le lacrime con la mano. Ha bisogno di concentrarsi su quello che fa e arrivare al posto stabilito: non può lasciarsi andare proprio adesso che si trova a pochi metri dalla porta del garage. Pensa più e più volte a quello spazio stretto e sente di nuovo i brividi, la sudorazione, la palpitazione nel petto e nella gola.

Arriva di fronte alla casa e svolta a sinistra, sale con il muso dell'auto sul marciapiede e trema nel vedere la porta. Calcola lo spazio che resterà ai lati della macchina e spegne il motore. Vorrebbe entrare con quei maledetti sacchi, metterli da parte, nasconderli, fare per intero la sua parte e poi sedersi ad aspettarla senza nient'altro da fare, se non pensare. Oppure correre e allontanarsi, fuggire da tutto. Ma non può fare nessuna delle due cose, e ancora una volta si sente morire di paura, gli manca l'aria e il sudore gli bagna la schiena, gli appiccica la camicia al corpo, gli cola dalle ascelle, dalle braccia, dal collo. Le mani cercano la maniglia per aprire la portiera dell'auto e non la trovano, si aggrappano al bordo del sedile come artigli. Vuole scappare, fuggire, morire. Chiude gli occhi e tenta di respirare, un suono rauco di moccio e lacrime sgorga dal suo petto.

Il tempo passa e Germán non lo registra, sa che è importante ma in questo momento non è in grado nemmeno di ricordare l'ora in cui è arrivato. Da quanto tempo è fermo qui? Dieci minuti? Mezz'ora? Quaranta minuti? Deve respirare, ritrovare la calma. L'attacco di panico passa, passa sempre, lui lo sa, ma teme che prima o poi non riuscirà a superarlo.

L'aria riprende a entrare, impercettibile, e il respiro si fa regolare. La paura resiste ma almeno non è più terrore. Le sue dita riescono ad afferrare la maniglia e lui scende dal veicolo, appoggia la schiena, tenta di far tornare la ragione nei suoi pensieri. Deve valutare con tranquillità la larghezza della porta ed entrare una buona volta con l'auto, se lo ripete più di una volta, ma il suo corpo non si muove di un millimetro.

Trova una pastiglia nella tasca senza nemmeno dover frugare, getta indietro la testa e se la lancia in bocca. Il battito e la respirazione riprendono il ritmo giusto. Si raddrizza, stira le braccia, deve mettersi in movimento. Úrsula sta per arrivare e tutta la parte che compete a lui è ancora da fare. Infila le dita, fruga nelle tasche, trova la chiave del garage, la tira fuori e la osserva brillare sul palmo della mano, poi solleva gli occhi e guarda lontano. Molto lontano. Quando il panico comincia ad arretrare, si sente come il sopravvissuto a una catastrofe atomica. Adesso, poi, avverte sulle spalle una responsabilità che pesa come un obelisco di granito.

Anche Dio vomita la gente tiepida, pensa. Si avvicina alla porta del garage, controlla intorno, guarda le facce dei passanti, tenta di imprimere sul suo volto un'aria innocente, quel mezzo sorriso degli ingenui o degli imbecilli. Gira la chiave, spinge, dall'interno esce un vapore scuro di umidità che lo fa retrocedere: un alito che sa di vecchiaia, di muri crepati, di catacombe. Le narici di Germán vibrano: pensa al cadavere di un topo o di una donnola. L'odore gli rimane nel naso, non vede niente ma annusa la morte.

Chiude la porta, fa un mezzo giro su se stesso, si piega in

due e vomita la colazione che aveva ingerito poco più di tre ore fa. Sale in macchina, mette in moto e parte. Sente una disintegrazione nel corpo, che ancora non si muove, e l'immobilità assoluta della sua mente.

Imbocca la Rambla, guida veloce, l'oppressione torna, vuole fuggire. Guida, trasporta un sacco di milioni, non sa dove va.

Terza Parte

Papà

Tra l'incudine e il martello, tu, come sempre.

Tu e il tuo sudore appiccicoso da grassa che comincia a provare diffidenza, paura, ansia, tu e il tuo desiderio di ingozzarti malgrado le circostanze, le tue voglie incontrollabili di ingoiare, tanto lo so che a quest'ora hai fame, pensi a mangiare malgrado il momento, malgrado quell'uomo abbia risvegliato il tuo allarme e la tua diffidenza.

Quando è cominciato tutto questo, Úrsula? Mi chiedo quando è nata questa cosa senza nome, volgare e diabolica che cresce dentro di te, te lo chiedo, non ti tappare le orecchie, non dirmi di stare zitto perché è inutile. E no, non mi dire che è stato perché ti rinchiudevo, perché ti castigavo tenendoti chiusa nella tua stanza e al buio, perché io lo so che è cominciata molto prima, quando hai scoperto brutalmente che tua sorella Luz era – ed è ancora – più bella e magra di te, quando hai saputo che, oltretutto, era – ed è ancora – una persona migliore di te.

Ti vedo, ti sto vedendo scendere da quell'auto nera, sinistra, attraversare la strada stretta tra due delinquenti e da quel mafioso di Antinucci, e mi domando perché ti sei andata a ficcare in questa storia, figlia mia, come sei arrivata a vederti coinvolta in questa rapina, in tutte quelle morti, cosa ci fai con quei malavitosi, combattendo per dei soldi sporchi di sangue. Ti urlo di correre, di allontanarti da quella casa, da quella porta nella quale adesso infili la chiave con gesto preciso, grave, malgrado il sospetto che ti invade, e io ti grido di scappare lontano da quella strada e da quel quartiere, di correre via finché sei in tempo. Ma tu ti tappi le orecchie, mi insulti sottovoce, ti concentri sul momento e stringi le braccia per nascondere l'odore di ascelle grondanti di una grassona sudata. E apri.

Ti vedo, Úrsula, entrare in quel garage con il suo odore di umidità da sepolcro, tastare l'interruttore della luce con apprensione, con diffidenza, con un cattivo presagio intuisci che le cose non stanno andando come avevi pensato, che qualcosa sta andando molto male, cominci a perdere la calma ma non la fame, premi l'interruttore della luce con una mano e stringi il calcio della pistola con l'altra, grassoccia e tesa, e malgrado la paura e il brutto presentimento ti senti come in un romanzo poliziesco, come se la tua vita cominciasse ad avere un senso.

Ti vedo superare l'inquietudine, e tracciare un piano qualsiasi, spingi via l'angoscia e il sudore delle ascelle si congela, nei tuoi occhi appare uno sguardo di furbizia, le mani si soffermano sull'interruttore della luce e sulla pistola, accendi la lampadina che pende dal soffitto, entri e ti aggiri, ti guardi intorno, affronti Antinucci e i suoi gorilla, fingi sorpresa e dici loro – come se fosse necessario – che lì non c'è nessuno, che Germán probabilmente non è ancora arrivato oppure, peggio ancora, che deve essere fuggito con il bottino. Il tipo impallidisce, ti affronta urlando, gesticola e impreca, tu lo vedi attraverso le gocce del sudore che ancora una volta ti scendono dalla fronte e si infilano sotto le palpebre, il tipo dice esclama grida interroga domanda insulta, tu ascolti le parole irritate e violente che accendono in te un odio fulminante, esplosivo. La porta, che era appena socchiusa o accostata, si apre, appena un po', per effetto del vento. Nel garage che puzza di urina e umidità e putrefazione ci sono quattro persone: Antinucci, i due gorilla e tu, Úrsula, e lo spazio è poco. Il locale è stretto, dovresti essere un'artista della fuga per squagliartela senza che ti blocchino, per raggiungere la porticina laterale di ferro che si trova a non più di tre metri da te, per aprirla e passare dall'altro lato, per chiudere e mettere il catenaccio – che sai essere aperto perché Sebastián non lo mette mai –, tutto in meno di un batter d'occhio.

Come mai, Úrsula, ti esalti nelle difficoltà, diventi un gigante quando la situazione si fa scottante?

Moltiplichi la fiducia in te stessa, il processo di trasformazione. E spari con la tua arma più potente: l'odio.

Senti che in strada sta accadendo qualcosa di silenzioso, percepisci i passi di un'ombra, annusi una presenza, la fragranza volgare di una quinta persona – deve essere una donna – che fino a ora non era nel libretto dell'opera. La polizia, ti dici. Chi se non una poliziotta potrebbe usare un profumo così volgare al pompelmo e olio di cocco? Arricci il naso, tracci un piano, valuti il contesto. Non c'è molta luce, appena una lampadina da 25 watt che pende dal soffitto e che attenua soltanto le ombre.

Rispondi alle domande di Antinucci, argomenti, chiedi tempo, attesa, pazienza, mentre parli ti avvicini quanto puoi alla porta laterale e salvifica, facendo finta di niente, con cautela.

Una donna irrimediabilmente grassa misura la distanza, calcola lo slancio necessario.

La stanza adesso è una barca nel minuto che precede il temporale.

Hai fatto due o tre passi, hai sentito di nuovo quella presenza, nell'annusare il pompelmo e il cocco in cui adesso riconosci anche un tocco di legno senti ancora più vicina la presenza dello spettro che acquista identità nelle tue narici.

Antinucci e i suoi gorilla devono aver sentito qualcosa alle loro spalle o seguito la direzione dei tuoi occhi che si rivolgono verso la porta d'entrata.

Tu, Úrsula, approfitti del minimo istante, gli sguardi che sviano, l'attenzione alla tua persona che diminuisce, e con due falcate raggiungi la porticina di ferro, riesci a spingerla, aprirla, passare, girare, spingerla, chiuderla, sbarrarla, e perfino far scorrere un catenaccio arrugginito, e corri lungo il corridoio della casa di Sebastián, corri attenta agli spari che risuonano a pochi metri, dall'altro lato del muro, attenta alle grida che arrivano dalla strada, alle sirene delle autopattuglie, alle voci che intimano l'alt. Tutto resta indietro.

E io ti conosco, io so che riuscirai ad arrivare alla stanza in fondo, vedrai il gatto del libraio e lo accarezzerai brevemente sul dorso, aprirai la botola, scenderai la scala che porta al tunnel di pietra, percorrerai i cinquanta o sessanta metri, arriverai ai gradini che danno sulla porticina che si apre sotto la libreria di Sebastián, entrerai, ti liscerai i capelli e passerai al suo fianco, gli strizzerai addirittura un occhio e uscirai per strada. I dettagli successivi saranno irrilevanti, perché tu avrai già vinto.

Io ti osservo e ti voglio bene, Úrsula. Provieni da me, sei l'opera che ho costruito nel corso degli anni, siamo la stessa feccia e io, tuo padre, lo so da quando il mio corpo marcisce in questa tomba alla quale tu mi hai condannato.

Comunicato stampa tratto da “El Informante”

VIOLENTO ASSALTO A UN FURGONE BLINDATO PERPETRATO STAMATTINA
ALMENO 5 MORTI

Un violento assalto a un furgone blindato si è verificato stamattina all'incrocio tra calle Rosaleda e calle Moreras, turbando l'abituale tranquillità del modesto quartiere La Chapita. Alle 9.30 del mattino, una banda armata fino ai denti e formata da almeno tre individui di sesso maschile ha tentato di assaltare un furgone portavalori dell'impresa Asegur. I malviventi, che hanno intercettato il veicolo nella suddetta zona suburbana a ovest della capitale e che si muovevano a bordo di un furgoncino Nissan, hanno tentato di forzare il sistema di sicurezza del mezzo che è stato difeso dalle guardie all'interno del blindato. C'è stata una feroce sparatoria a colpi di armi corte e lunghe, caratterizzata dalla presenza di bombe e granate, e che ha causato la spettacolare esplosione del blindato e del veicolo dei malviventi, oltre, purtroppo, alla morte di tutte le persone coinvolte, fatta eccezione per il capo della banda. Il criminale alla guida dell'operazione, successivamente identificato come Ricardo Prieto, alias il Lercio, detentore di una lunga serie di

precedenti e di recente fuggito dal Tribunale Penale dove sarebbe stato interrogato in merito a un altro delitto, è stato trasportato nel più vicino nosocomio con ferite da arma da fuoco allo stomaco e ora è in prognosi riservata.
Un testimone ha dichiarato che il fuoco incrociato è durato circa dieci minuti, al termine dei quali si è verificata l'esplosione. «Io non ho visto niente, perché i proiettili colpivano porte e finestre, e sono andato a rifugiarmi sotto al letto» ha commentato Pedro Álvarez, un abitante della via nella quale si è svolto il sanguinoso tentativo di rapina. La sparatoria finale ha avuto luogo intorno alle 9.40 del mattino.
L'ispettore Dario Clemen ha smentito la notizia, che circola sulla stampa, circa la partecipazione all'assalto di un noto avvocato. Il soggetto in questione, stando a quanto riferito dal commissario, a quell'ora stava effettuando la sua visita quotidiana in carcere, come confermato da decine di testimoni.
Malgrado il rapido intervento dei vigili del fuoco, il denaro trasportato è andato totalmente distrutto dal fuoco a seguito dell'esplosione.

Úrsula

È giugno, la fine dell'autunno nell'emisfero australe, e sono le cinque e mezzo del pomeriggio. Il cielo è coperto e pieno di nuvole grigie e bianche, lunghe e contorte come un ammasso di intestini. Minaccia pioggia. Laggiù c'è una città sferzata dal vento gelido, c'è una costa su un fiume largo, edifici, auto, persone che camminano in fretta per raggiungere le loro case e accendere i loro televisori. Lì in basso la notte comincia a farsi strada.

C'è un appartamento antico, vagamente decrepito, c'è una stanza e c'è un letto, una donna sdraiata che ha il viso contratto, il corpo teso sulla coperta di ciniglia che sembra vintage ma non è vintage, è solo passata di moda, vecchia. La donna ha quell'aria austera che da lontano la fa sembrare una sposa onorata. All'interno della stanza non arrivano i rumori dall'esterno, questo è un mondo ovattato, stagno, lontano dal fragore. La donna non dorme, non ascolta il televisore, non legge un libro e nemmeno fa i lavori che ha ancora in sospeso, non guarda dalla finestra il pomeriggio che muore, l'oscurità che sconfigge i resti della luce, la pioggia che batte: distesa sul letto, aspetta una chiamata. L'aspetta ormai da settimane.

La donna che aspetta, la donna sul letto, è Úrsula.

Úrsula sono io.

Ho una montagna di traduzioni abbandonate di fianco al letto, una vetrinetta piena di statuine che non sono state pulite nell'ultimo mese e il frigorifero quasi vuoto.

Ho il numero che mi interessa registrato nella memoria del telefono e mi sono chiesta mille volte perché non lo chiamo e metto fine all'angoscia di questa attesa. E invece no, guardo e aspetto, non so bene perché. Il telefono sembra il cadavere di un topo abbandonato sul cuscino, qui al mio fianco.

Alla fine, sento la suoneria. La sento e guardo fuori, il vetro della finestra è uno specchio per colpa della luce del crepuscolo. La sento e guardo la finestra, penso che dopo questa telefonata saranno finiti i miei anni di misurata noia, di comodo odio, di dormire sapendo che, senza grandi sforzi né pene, il mondo seguirà il suo inalterabile corso e che, arrivata la mia morte, qualcuno metterà una notizia di tre righe su qualche giornale.

Il suono, il suono del telefono.

Salve, aspettavo la sua chiamata. Come facevo a sapere che avrebbe chiamato? Lo sapevo e basta. No, non si preoccupi, non dirò il suo nome al telefono, sarò discreta. E spero che adesso non sia a casa sua, perché conosco un uomo che probabilmente la starà cercando anche sotto le pietre. Dove si è cacciato, mi racconti, va bene, non dica niente se le sembra più sicuro. Come dice? Devo aspettarla perché oggi viene qui da me? Che ansia mi ridestano le sue parole, amico. Porti, sì, porti tutto qui: la mia casa a Carrasco, la mia piscina, le mie auto di lusso. Porti tutto, anche un po' alla volta. Poi vedremo come posso organizzarmi con le mie vacanze su una spiaggia con le acque smeraldo e quella clinica per dimagrire, con la mia crociera sul Nilo. Stasera andremo a cena al Rara Avis e brinderemo con lo champagne migliore. Come dice? Le è dispiaciuto molto essere sparito? No, non deve chiedermi scusa, io non la vedo così, ha fatto ciò che ha potuto in quel momento. Non siamo dèi, facciamo quel che possiamo. Ma sì, certo che ho sempre avuto fiducia in lei: sapevo che sarebbe tornato. Il nostro rapporto va oltre qualsiasi incidente, mio caro. Allora ci vediamo tra un paio d'ore. Arrivederci. Anzi no, aspetti, non chiuda, devo dirle un'altra cosa. Sono contenta che mi abbia chiamato, non solo per il denaro, non solo per il nostro rapporto, sono contenta per lei, principalmente, sono felice perché vedo la sua integrità, la sua decisione. Voglio che lo sappia: sono molto contenta che abbia chiamato perché detesto la gente pusillanime. Hanno ragione quelli che dicono che anche Dio vomita la gente tiepida.

E chiudo la comunicazione.

Per un momento aspetto che succeda qualcosa, che suoni di nuovo il telefono, poi mi alzo dal letto, vado verso la finestra e apro le tende che mi isolano dal mondo, alzo la serranda, apro le imposte di legno e lascio entrare il freddo dell'ultima ora del pomeriggio. Guardo il cielo, le luci degli appartamenti e delle auto, le insegne luminose. Tutta la città comincia a illuminarsi, si accende a pezzettini, e l'oscurità galleggia intorno alla mia camicia da notte spiegazzata che il vento gonfia, scuote intorno al mio corpo. Respiro il freddo e chiudo gli occhi.

Quando chiudo la finestra mi vedo riflessa nel vetro, la mia immagine contro i pezzettini di luce. Canticchio una canzone. La vita è bella, anche se è solo un simulacro. Sorrido e corro sotto la doccia.

Si sta rompendo un guscio, lo so: finalmente non sarò più me stessa.

Leonilda

Luogo: comando di polizia, a tre chilometri di distanza dalla casa di Úrsula.

Ora: cinque e mezzo passate, sta scendendo la sera su Montevideo.

Condizioni del tempo: cielo coperto, nuvole grigie e bianche, pioggia.

Sento il *clic* finale della telefonata.

Sono seduta alla scrivania del mio ufficio: con le cuffiette ancora nelle orecchie e una matita nella mano destra, da molte ore, anzi ancora di più, aspetto che suoni, devo molti favori che non so come ripagare all'ufficiale della squadra tecnica che, rischiando il suo posto di lavoro, ha attivato la connessione di queste due linee per consentirmi di ascoltare la conversazione.

Pochi minuti fa pensavo che Saturno e tutti i maledetti pianeti fossero allineati contro di me. Primo: Clemen mi ha ordinato – stavolta gridando, e minacciandomi di arresto – di abbandonare l'indagine sull'assalto al furgone blindato. Secondo: non sono riuscita a ottenere un'autorizzazione ufficiale per indagare su Antinucci perché, secondo i miei superiori, non esisteva il minimo collegamento tra le esplosioni e l'avvocato (e potrò considerarmi fortunata, dicono, se il legale non mi denuncerà per aver fatto irruzione nel suo domicilio privato senza ordine del giudice). Terzo: per completare la mia giornata di delusioni, il ragazzo della libreria, che sono riuscita a interrogare in via ufficiosa, mi ha detto che affitta il garage da anni a una donna del quartiere che a stento conosce, e che quella mattina non ha sentito rumori sospetti.

Guardo il foglio che ho davanti, le parole dette nella conversazione che ho appena ascoltato non significano niente, per il momento non significano niente.

Malgrado tutte le contrarietà, io avevo un'intuizione e un paio di indizi che mi hanno spinto ad andare avanti, a fare collegamenti. Ho parlato con i vicini, ho sorvegliato il quartiere nelle mie ore libere, ho scattato foto, ho fatto il lavoro scrupoloso e infinitesimale tipico di un Capricorno che si trova davanti a una sfida, ai propri limiti e a tante domande. E adesso so che l'inquilina del libraio è la stessa donna che ho visto nell'auto con Antinucci, quella con la borsa rosa, ce l'aveva anche quando è entrata nel garage, anche se non sono riuscita a capire cosa ci facevano lì e neppure perché lei da lì è fuggita, né come ha fatto a sparire prima che io entrassi con i miei uomini. So anche che vive in un palazzo all'incrocio tra calle Treinta y Tres e Sarandí, perché la vedo passare tutte le mattine mentre faccio colazione al bar che fa angolo con casa sua, e sono sicura che è la stessa donna della foto scattata da Úrsula López dalla finestra del suo appartamento del parco Villa Biarritz, pochi giorni prima di essere assassinata. Ho pure avuto conferma, e questo mi confonde, che anche questa donna della Città Vecchia si chiama Úrsula López, come quella di Villa Biarritz. Ci sono ancora troppi punti interrogativi, troppo lavoro da fare, ma io sono un Capricorno, una donna silenziosa, lavoratrice, testarda, molto, molto paziente.

E oggi, quando ormai stavo perdendo le speranze, è avvenuto il miracolo: il telefono che doveva suonare ha suonato.

Pochi istanti fa ho ascoltato il finale della conversazione tra Úrsula e quell'uomo che non so chi sia. Risuona ancora nelle mie orecchie il tono opaco, monotono e infinito che indica la linea libera. Mi tolgo bruscamente le cuffiette, le lancio sulla scrivania. Mi tiro su, tengo la schiena dritta contro lo schienale della sedia, lascio la matita di fianco al foglio sul quale leggo quello che ho appena scritto, appunti presi con tratti acuti, neri, rapidi:

Rara Avis.

Sapevo che sarebbe tornato?

Il denaro ("denaro" è sottolineato con un tratto più spesso).

Ripasso le righe con lo sguardo, dall'alto in basso, dal basso in alto, fino a quando le imparo a memoria, fino a che cominciano a confondersi, a sbiadire sul foglio che allontano con fastidio.

Non riesco a smettere di ripetere mentalmente le parole finali della conversazione, la citazione dell'Apocalisse, non riesco a smettere di riconoscere un segnale, di sentire quel dardo diretto proprio in mezzo al mio petto. Mi fa male, ma cerco di rilassarmi e appoggio i gomiti sulla scrivania, mi prendo la testa tra le mani e chiudo gli occhi, mi concentro su me stessa, sulla mia vita professionale, sulla mia vita privata, su quella spirale senza bordi dove si confondono la commissaria e la donna, e mi dico che è proprio vero quello che ha detto lei, Úrsula, all'uomo che l'ha chiamata al telefono: anche Dio vomita la gente tiepida.